― 書き下ろし長編官能小説 ―

恥じらいベリーダンス

河里一伸

竹書房ラブロマン文庫

目次

この作品は、竹書房ラブロマン文庫のために
書き下ろされたものです。

プロローグ

三月下旬の日曜日、東北南部のF県の山あいにある合積町《あいづみちょう》では雪解《ゆきど》けが次第に進み、春の訪れが感じられるようになっていた。が、駅周辺でも道路の隅《すみ》などには、まだ冬の名残《なごり》が漂っている。

「はぁ。やっと戻って来たなぁ」

ダウンジャケット姿の友坂春人《ともさかはると》は、夕方近い時間に合積駅の駅舎を出ると、荷物を詰め込んだ小さめのスーツケースから手を離した。そして、大きく伸びをして冷たい空気を思い切り肺に取り込む。

あたりの景色はもちろんだが、こうすると東京とは空気の質が違うのが感じられた。この空気を吸うと、生まれ育った故郷に帰って来たことを、しみじみと実感する。

合積駅は、二年ほど前から東京発の特急が停まるようになったものの、普通列車と合わせても一時間に一本程度しか列車が来ないローカル駅である。ちなみに、途中で乗り換えがあると、東京から四時間以上かかる。

出発時間の都合もあり、春人は途中駅で特急から普通列車に乗り換えるルートを使った。そのせいで、基本ただ座っていただけとはいえ、さすがに疲労感は否《いな》めない。

(でも、やっぱり俺はここが好きだ。結局、東京は性《しょう》に合わなかったからなぁ)

春人は東京の大学に通っていたが、数日前に卒業式を終え、今日アパートを引き払って合積町に戻ってきたのである。

正直、就職のことだけを考えれば、過疎化が進む町にUターンするなどナンセンスと言わざるを得まい。

だが、春人は大学生活の間だけで、都会のせわしなさに疲労を感じていた。東京で就職などしたら、遠からず身も心もボロボロになってしまうかもしれない。

そんなことを思っていた矢先、合積町役場の職員採用試験に合格したため、故郷で働くことにしたのである。

そうして、地元の春の空気を堪能《たんのう》していた春人は、つい傍《かたわ》らへの注意を怠《おこた》っていた。

不意に、横からゴロゴロという車輪の音がした。

目を向けると、そこにあったはずのスーツケースが、なだらかなスロープを勝手に転がりだしたところである。

「うわっ。しまった！」

我に返った春人は、慌ててあとを追いかけた。

アパートの荷物の運搬は、大半を引っ越し屋に頼んだが、スーツケースにはノートパソコンやマウスといった用具一式と預金通帳類など、業者には預けにくいものが入っている。逆に言えば、春人にとっての貴重品がすべて入っているので、紛失《ふんしつ》したり破損したりしたら、大変なことになってしまう。

すると、スーツケースがスロープを下りきり、速度が落ちた。

（よし、どうにか追いつけそうだ）

と春人が思ったとき、少し先の建物の陰から女性が出てきた。

ダウンのロングコート姿の女性は、スマホに目をやっており、横から迫るスーツケースに気付いている様子がない。このままだと、確実にぶつかってしまう。

春人は「危ない！」と叫び、どうにか手を伸ばしてスーツケースを横に払い倒した。

しかし、焦《あせ》っていたぶん自身の勢いが殺しきれない。

結局、春人は目を丸くした女性に、タックルするような格好で突っ込んでしまった。

彼女の「きゃんっ！」という悲鳴が上から聞こえてきて、同時に勢いのまま倒れ込んで目の前が暗くなる。だが、ダウンコートの肌触りと、その奥に少し硬いカップに包まれた柔らかな感触が両頬《りょうほお》いっぱいに広がったおかげで、痛みはまったくない。

（ふう、柔らかくて助かった）

そう安堵してから、自分が何をしたかに、ようやく思いが至る。

（ヤベッ。俺、勢いあまって女の人にぶつかっちゃったんだ！　だとすると、この顔に当たっている感触は……）

恐る恐る顔を上げた春人は、そこで硬直していた。

女性を、ほぼ仰向《あおむ》けに押し倒した格好なのは当然だが、案の定と言うべきか、春人は彼女のふくらみの谷間に、スッポリと顔を埋めていたのである。

もちろん、ダウンコートと服と下着越しではある。しかし、その奥の柔らかな感触は頬でしっかり感じ取れたので、それなりのバストサイズなのは間違いあるまい。

女性のほうは、何が起きたのかまだ分かっていないのか、目を丸くして呆然としていた。もっとも、いきなりぶつかってきた男に押し倒されて、しかも胸に顔を埋められたのだから、当然のことかもしれないが。

「あ、あわわ……すみません、大丈夫ですか？　地面に頭を打ったりは？」

「あっ。え、ええ。なんとか、後ろに手をついたので」

立ち上がった春人が焦りながら訊《き》くと、女性は困惑した表情のまま応じた。

「えっと、本当にすみません。スーツケースがスロープから転がっちゃって、止めようとしたら……」

「いえ、わたしのほうこそ。つい、歩きながらスマホを見て……あっ」

言葉を切って、女性が傍らのスマホを慌てて拾い上げた。そして、外装を見回し、動作を確認してから安堵の表情を浮かべる。どうやら、破損や故障はしていなかったらしい。

「あの、立てますか？　足をくじいたりは？」

春人が、そう言って手を差し出すと、彼女は少し恥ずかしそうに手を取って立つ。

「別に、痛いところはないです。大丈夫」

と、笑みを浮かべた女性の表情に、春人は胸の高鳴りを抑《おさ》えられなかった。

彼女はセミロングの黒髪に、切れ長の目で真面目《まじめ》そうな顔立ちで、その端整な容姿はとても春人好みだったのである。

(あれ？　この人、そういえば誰かに似ているような……)

ふと、そんな疑問が脳裏をよぎる。

すると、女性のほうも首を傾《かし》げて、恐る恐るという様子で口を開いた。

「あの……もしかして、友坂くん？」

いきなり名前を言い当てられて、春人は「えっ？」と首を傾げてしまう。

「わたし、原田《はらだ》よ。原田美由紀《みゆき》」

「ええっ？　は、原田先輩!?」

春人は驚きのあまり、あたりに響き渡るような素《す》っ頓狂《とんきょう》な声をあげていた。

原田美由紀は、春人と同じ高校の一学年先輩だった女性である。彼女と春人は卓球部に所属しており、部員不足だったため男女の合同練習をよくしていたものだ。

その中でも、美由紀は春人が密かに憧れを抱いていた相手だったのである。

しかし、春人は中学時代に酷《ひど》い失恋を経験したトラウマで恋に臆病になっており、自分の思いを告げることができなかった。そして結局、夏の大会が終わって彼女は部活を引退し、接点を失ったまま卒業してしまったのである。

その後、美由紀は短大に進学して町を出たと聞き、自身も東京の大学に入ったので彼女のことは忘れようとしていた。だが、まさか帰ってくるなり再会するとは。

しかも、美由紀は高校時代よりも美しく成長していた。

高校の頃からなかなかの美少女だったが、四年の歳月を経たことでグッと大人びた印象である。コートを着ているので体つきは見えないが、先ほど顔に当たった感触から考えて、高校時代よりもバストサイズが大きくなっている可能性は高い。

（待てよ。ということは、俺は原田先輩のオッパイに顔を……）

高校時代には、手も握れなかった相手にとんでもないことをしてしまった、という思いが湧き上がり、頬が自然に熱くなる。

すると、美由紀のほうも急に顔を赤くしてあわあわし始めた。

「あっ、あのっ、ぶつかったのは気にしないでいいからっ。ねっ？　あっ、そうだっ。わたし、ちょっと買い物をしようと思っていたの。そ、それじゃあ」

と言って、彼女は引き止める間もなく、そそくさと走り去ってしまった。

春人は、しばらくその場に立ち尽くしてから、ようやく我に返った。

「原田先輩も、町に戻ってきたのか？　それとも、一時帰省しているだけ？　どっちにしても、また会える可能性はあるのか……」

そう独りごちると、この町での新たな楽しみができた気がして、春人は胸の高鳴りを抑えられずにいた。

第一章　熟女の扇情衣装

1

四月一日になり、春人は町役場に初出勤した。

とはいえ、今年の新規採用は春人だけなので入職式のようなものは特にない。その代わり、午前中は配属される町づくり課の課長に連れられて、各部署への挨拶回りをしに行くことになった。

最初は緊張していたが、いくつかの部署を回って挨拶を済ませているとさすがに慣れて、少しずつ落ち着いてくる。

ところが、町民福祉課の部屋へ行ったときだった。

町づくり課の課長と一緒に、まずは町民福祉課の課長に挨拶をし、それから他の職員たちにも挨拶をしようとしたとき。

「ええっ!?　と、友坂くん!?」

という女性の驚きの声が、傍らからした。

目を向けると、そこにはスーツ姿の美由紀がいた。彼女の手に書類の束があるのは、おそらくコピーを取ってきたからだろう。

課長や他の職員たちがいるにも拘《かか》わらず、春人も「原田先輩!?」と素っ頓狂な声をあげていた。何しろ、つい数日前にあんな形で再会した相手と、町役場で再び顔を合わせたのだ。この展開は、さすがに夢想だにしなかったことである。

「なんだ、二人は知り合いか？」

と、町民福祉課の課長が訊いた。

「あっ、は、はい。友坂くんは、合積高校の卓球部の後輩なんです」

美由紀が、動揺を隠せないまま答える。

「ほお、なるほどな。部署は違っても、顔見知りがいるなら新人もやりやすいだろう。ま、とにかく頑張りなさい」

町民福祉課の課長から声をかけられ、春人は「あ、はい……」と曖昧《あいまい》に応じた。

もちろん、これが本当に数年ぶりの再会であれば、内心で飛びあがって喜んでいただろう。だが、春人はつい数日前、偶然とはいえ彼女の胸に顔を埋めるというアクシデントを経験していた。それだけに、この再会には困惑を覚えずにはいられない。

もっとも、ここで美由紀と二人で話すわけにもいかず、春人は課長と挨拶回りを続けたのだった。

しかし、そのあと春人は、いっそう戸惑うことになった。

挨拶回りを終えて、町づくり課の部屋に戻ると、

「キミには、町おこしの新企画を立案して欲しい。できれば、今年の夏祭りに間に合わせるように」

と、課長が切り出したのである。

「はぁ？　あの、僕は今日、入ったばかりなんですけど？」

あまりにも唐突な大役《たいやく》の指名に、春人はそう口にしていた。

「だが、キミは先日まで東京にいて、都会の賑わいを知っているだろう？　それに、大学では経営学を専攻していたらしいじゃないか。その知識を、是非とも町おこしに役立てて欲しい。頼むぞ」

課長は、こちらの反応を予想していたように言葉を続けた。

どうやら、春人が東京の大学出身なことを過度に評価しているらしい。

都会にいたのは間違いないし、経済学部経営学科を卒業したのも事実だ。だが、そんな経歴と町おこしのイベント立案は別物ではないか、とツッコミを入れたくもなる。

とはいえ、合積町が冬場こそスキー場が賑わうものの、それ以外の季節の集客に難があることは、春人も知っていた。

駅前の商店街も、店主の高齢化などで店じまいしたところが増えて、今や店の半分くらいがシャッターを閉じたままになっている。

もちろん、役場としてもなんとか町を活性化しようと策を講じていた。十年前から、八月のお盆前に町主催の大々的な夏祭りを開いているが、内容がありきたりすぎるからか、外部からの集客にはまったく結びついていないそうである。

また、他の活性化策も不発に終わっているという話は、しばらく町を離れていた春人も帰省時に両親から聞いていた。

もともと保守的な土地柄ということもあるが、町づくり課にいる職員は三十代後半から五十代前半なので、おそらく無難なアイデアしか出てこないのだろう。

その停滞した状況を、都会暮らしの経験がある若者に打破してもらおう、という考え自体は理に適《かな》っている、と言えるかもしれない。

「あの、他に誰か手伝ってくれる人はいますか？　いくらなんでも、いきなり一人で企画立案から各所との交渉まで、全部やるのは……僕、入ったばかりの新米ですし」

春人が、恐る恐る切り出すと、

「ふむ。確かに、関係先との交渉で足下を見られそうだな。しかし、ウチの課の人間を上につけたら意味がない……おお、そうだ！　美由紀くんを呼ぼう」

と、課長が手を叩いた。

そして、春人が目を丸くしている間に、町民福祉課にいた美由紀が町づくり課に呼ばれ、話が勝手に進んでいった。

「……というわけで、美由紀くんには名目上だがプロジェクトリーダーとして、各所との交渉役を担《にな》って欲しい。キミは、町役場に入って三年になるから、まだ若いとはいえ大丈夫だろう」

彼女が断ることをまるで想定していないかのように、課長が一方的に告げる。

「町おこし……分かりました！　やります！」

意外と言うべきか、話を聞き終えるなり美由紀はやけに前向きな様子で答えた。

「あ、あの、原田先輩？　本当に、いいんですか？」

「何？　友坂くんは、わたしと仕事をするのが嫌なわけ？」

春人が怖ず怖ずと問いかけると、彼女が少し頬をふくらませて不満そうに言う。

「いや、そういうことじゃなくて、先輩にも福祉課の仕事とかあるし……」

「まぁ、すぐに全面異動というわけにもいかんし、当面は向こうとの掛け持ちになるな。ただ、あっちの課長には俺から話を通しておくので、美由紀くんにはこちらの仕事をメインにやって欲しい。よろしく頼むよ」

という課長の一声で、春人は憧れの女性と共に、町おこしのプロジェクトを担うことになったのだった。

2

「はぁ～。いいアイデアって、なかなかないもんですねぇ」

「そうねぇ。まぁ、今まで上手《うま》くいかなかったんだから、そんなに簡単なことだとは思っていなかったけど」

春人と美由紀は、四人がけのテーブル席に向かい合って座り、酒と料理に箸《はし》をつけつつ愚痴をこぼしていた。

二人は定時で町役場を出たあと、駅前商店街にあるトルコ料理店「リュヤー」に来た。憧れの先輩から、「せっかくなんだし、打ち合わせを兼ねて入職祝いをしたい」

と言われては、断ることなどできるはずがない。

リュヤーは、もともと中華料理屋だった店舗を改装し、六年前にオープンした店である。店内のレイアウトは、ほとんど弄《いじ》っていないらしいが、幾何学模様の内装が施《ほどこ》され、いかにもトルコというデザインのタペストリーやモザイクランプが飾られていたりして、オリエンタルな雰囲気が漂っている。

ただ、カウンターに五席と四人がけのテーブル席が三席と席数が少ないのは、店主の野崎《のざき》ミライが一人で店を切り盛りできるよう、席を絞ったかららしい。

短大を出て地元に戻り、役場勤めを始めていた美由紀は、二年前からこの店の常連になっているそうで、先ほどもミライと気さくに話をしていた。

しかし、トルコビールとシシケバブなどのトルコ料理を食べながら、つい出てきたのは先ほどの愚痴である。アルコールが入ったこともあり、なおのこと悪戦苦闘ぶりを思い返して気分が沈んでしまう。

とにかく、一緒に町おこしのアイデアを出す、というところまではよかったが、問題はその具体的な中身だった。

真っ先に思いついたのは、山梨の鳥もつ煮や喜多方市の喜多方ラーメンなどで知られる「ご当地グルメ」である。しかし、これは何年も前に提案されたものの、とっくに頓挫《とんざ》したアイデアだった。

何しろ、合積町にはいわゆるソウルフードもなければ、「特産品」と呼べるほどの農畜産物もないのである。そもそも、新たな料理を作ったとしても、多くの店や家庭に浸透《しんとう》させて、「ご当地グルメ」と言えるまで成長させられるかは別問題なのだ。

それに、なんと言っても最大の問題は、根本的な予算不足だった。

一応、夏祭り用の予算は確保されていたものの、原則その枠内で新しいイベントをやるとなると、できることは極めて限られてしまう。

夏のスキー場を利用した音楽フェスなどの案も予算の壁に阻《はば》まれ、結局はこうして今、頭を抱える羽目になっている次第だ。

「二人とも、せっかくのデートなのに、そんなに暗い顔をしてどうしたのヨ？」

と、瓶ビールを追加で持ってきた店主から、からかうように声をかけられたため、春人の思考は現実に引き戻された。

ラフなシャツとズボンにエプロン姿のミライは、ややウェーブのかかった長い黒髪と、やや浅黒い肌と彫りが深く整ったエキゾチックな顔立ちの持ち主である。それに、百七十二センチの春人と大差ない身長なので、かなり日本人離れして見える。いや、間違いなく純粋な日本人ではあるまい。

ただ、イントネーションに若干の癖はあるものの、ほぼ完璧な日本語を話しているところから考えて、日本に長く滞在しているのも間違いないだろう。

「も、もうっ。ミライさん、だからそんなんじゃないって言ったじゃないですか！友坂くんは高校の卓球部の後輩で、今日から役場で一緒に働くことに……」

美由紀が頬を赤くしながら、慌てふためいた様子で言い訳をする。

「はいはい、さっき聞いたワ。ちょっと、からかっただけ。それより、そんな暗い顔をしていたら、お酒も料理も美味《おい》しくなくなっちゃうわヨ」

ミライがそう言って、ウインクをした。

確かに彼女の言うとおりで、初めてトルコ料理を食べているのに、料理の味など二の次になっていた気がする。

「そうね。一朝一夕に上手くいかないことを、ここで悩んでいても仕方がないわ。今日は友坂くんの入職祝いなんだし、いっぱい食べてちょうだい」

と、美由紀が笑みを浮かべる。

そうして、二人はひとまず仕事のことを横に置いて、料理を堪能したのだった。

トルコ料理は、フランス料理、中華料理と並んで「世界三大料理」に数えられている。が、日本でポピュラーなのはケバブなど一部の料理だけで意外と知られていない、と言っていいだろう。

しかし、東洋文化と西洋文化が入り混じったトルコ料理は、バリエーションが非常に豊富である。また、ミライが作った品々は、異国情緒がありながらどこか懐かしさを感じさせる、なんとも素朴で優しい味わいだった。

「ふぅ。トルコ料理って、美味しいんですねぇ。正直、もっとスパイスとか利いた味がすると思っていました」

「でしょ？　わたしも、好奇心で初めて入ったときは心配だったんだけど、実際に食べてみたらすごく気に入ったの」

春人の言葉に、美由紀が笑みを浮かべながら言った。

「あらあら。嬉しいことを言って。テシェッキュル・エデリム（ありがとう）。料理は、ほとんど本場の味そのままヨ。もっとも、トルコのデザートは日本人には甘すぎると思うから、かなり味つけを変えているけどネ」

と、デザートの皿を持ってきたミライが、傍《かたわ》らからそう口を挟んでくる。

「そういえば、野崎さんって……」

「ミライでいいわヨ」

と、デザートをテーブルに置いた店主が、春人の言葉を遮《さえぎ》って言った。

どうやら、彼女は姓よりも名で呼ばれることを好んでいるらしい。

「あっ。えっと……ミライさんは、トルコ人なんですか？」

「母はトルコ人だけど、父は日本人ヨ。仕事でトルコに住んでいた父が、母に惚れ込んで結婚したの。もっとも、アタシは十八歳のとき両親と来日して、そのまま日本国籍を選択したから、今は国籍上も日本人だけどネ」

春人の疑問に、店主があっけらかんと応じる。

なるほど、父親が日本人ならば、彼女の日本語が流暢《りゅうちょう》なのも納得がいく。時折、トルコ語を挟むのは、言葉を知らないのではなく、単にトルコらしさを醸《かも》し出すための演出に過ぎないそうだ。

「それにしても、ミライって名前はすごく日本人的ですよね？」

「ええ。だけど、『ミライ』にはトルコ語で『月のように輝く者』っていう意味があるのヨ。日本語でも馴染む名前だからって、父が選んだの。ちなみに、店名の『リュヤー』はアラビア語で『夢』っていう意味で、死んだ母が名付けたのヨ」

これまでに、何度も同じ質問をされたのだろう、ミライはまったく考える素振りもなく、聞いてもいないことまで教えてくれた。

「この店って、ミライさんのお母さんが開いたんですか？」

「ええ。父がこの町の出身でネ。父が死んでから、母が自力でお金を稼ごうと始めたお店なんだけど、その母も三年前に病気で死んじゃって。それからは、座席数を減らしてアタシ一人でやっているのヨ。美由紀みたいな常連さんがいてくれるおかげで、なんとか食べていけているワ」

と、ミライが肩をすくめて言う。

やはり、いくら珍しいトルコ料理店とはいえ、過疎が進む町ではなかなか繁盛するものではないらしい。

実際、店に入って一時間ほど経つが、ここまではまるっきりの貸し切り状態である。もっとも、美由紀との時間をゆっくり楽しめたので、これはこれで春人にとっては僥《ぎょう》倖《こう》に感じられたのだが。

「ちなみに、あれは亡くなった母の若い頃の写真ヨ」

そう言って、ミライが厨房の近くの壁を指さした。そこには、額に入った大きな写真が飾られており、艶《あで》やかな衣装《いしょう》を着た女性がダンスを踊っている姿が写っていた。

なるほど、彫りの深い整った顔立ちや顔全体の輪郭が、ミライとよく似ている。

「あれって、ベリーダンスですか？」

写真の衣装に目を惹《ひ》かれて、春人はそう訊いていた。

ベリーダンスは、トルコや中東に広く伝わっている。中でも、トルコのベリーダンスはその扇情的な衣装もあって、日本でも知っている人は多いはずだ。

春人も、さすがに生《なま》でベリーダンスを見たことはなかったが、映画で目にしたことがあるため、知識としては知っていた。

「ええ。トルコにいた頃、母はダンサーをしていたのヨ。父と結婚して引退したあとも、人に教えていたりもしたワ。アタシも母からベリーダンスを習ったし、日本でもトルコ料理店のアルバイトで踊っていたこともあるわヨ。十年くらい前の話だけど」

ミライが、肩をすくめながらそう応じる。

それを聞いたとき、春人の脳裏に一つのアイデアが浮かんだ。

「あっ、そうだ！　ベリーダンス！　ベリーダンスで町おこしですよ！」

と、立ち上がった春人のことを、美由紀とミライはキョトンとした表情で見つめるのだった。

3

「はぁ。まさか、本当にゴーサインが出ちゃうなんてなぁ」

朝、町づくり課の席に座るなり、美由紀がボヤくように言った。

「原田先輩だって、企画書作りとか手伝ってくれたじゃないですか？」

「それは、ダメ元っていうか、ちょっと面白そうかな、と思ったから。それに、キミの初仕事だったわけだし……」

春人のツッコミに、彼女が視線を泳がせながら言う。

（まぁ、ここまで上手くいくとは、正直、俺も思っていなかったんだけど）

と、春人は内心で肩をすくめていた。

ほぼ一週間前、「ベリーダンスで町おこし」というアイデアを思いついた春人は、美由紀に手伝ってもらいながら企画書を作り上げた。

最初に企画書を見た課長も、タイトルを目にしたときは渋い顔をしたが、中を読むと考えを改めて、町長が出席する会議にかけることを許可した。

そして昨日、春人と美由紀が会議でプレゼンテーションを行なった結果、「ベリーダンスで町おこしプロジェクト」は正式に了承されたのである。

もちろん、会議では「いかがわしく思われるのでは？」といった懸念の声も出た。「ベリーダンス」と聞いて、誰もが真っ先に思い浮かべるであろう衣装のイメージを思えば、当然の反応と言える。

しかし、それくらいは春人も美由紀も先刻承知で、ミライから聞いた話とネットなどで調べた情報から、説得の手段を考えていた。

ベリーダンスは、インナーマッスルが鍛えられるため、シェイプアップやダイエットに効果があるらしい。さらに、姿勢の改善、美肌・美顔、肩こり・腰痛改善といった、女性に嬉しい多くの健康効果が期待できるのだ。したがって、「健康体操」のような形でアピールすれば、町民も受け入れやすくなるだろう。

また、ベリーダンスは基本的に女性の踊りだが、男性ダンサーもいないわけではない。ダンスの内容をアレンジすれば、将来的に男性も参加できるようになるだろう。

そうしてベリーダンスが広まれば、「フラダンスの町」を名乗っているところがあるように、合積町を「ベリーダンスの町」として売り出せるかもしれない。

上手く定着すれば、高円寺阿波踊りや浅草サンバカーニバルのような祭りは無理にせよ、将来的には大会を開催するなどして客を呼び込める可能性もある。

そのためにも、まずは今年の夏祭りで有志によるダンスを披露《ひろう》して、「ベリーダンスで町おこしプロジェクト」を大々的にアピールする。

このように企画意図《いと》を説明した結果、会議の出席者たちも納得してくれたのだった。

やはり、「健康効果」という切り口は、今のご時世には食いつきがいいようである。

また、野崎ミライがベリーダンスを教えられて、練習場所も当面は店の定休日などに使わせてもらえるため、人件費を含む費用が、比較的割安で済むのも評価された点である。

リュヤーは水曜日と日曜日が定休日で、ランチ営業をしていない。したがって、役場が休みの土曜日も、開店時間前まで練習に使えるのだ。しかも、両隣の店はいずれも廃業して無人なので、多少大きな音を立てても近所迷惑になることもない。

それに、もしもプロジェクトが失敗しても、ベリーダンスならご当地グルメなどより時間も手間もかからないため、損失は小さくて済むはずだ。

「だけど、問題はダンサーの確保でしょう？」

「そうなんですよね。今は、まだミライさんと原田先輩だけですから」

「うう。やっぱり、わたしもやらなきゃダメ？」

美由紀が、なんとも気乗りしない様子で言う。

企画書の作成は手伝ってくれたものの、彼女は自分がベリーダンスをすることに抵抗感を口にしていた。露出の多い衣装で人前に出るのが、よほど恥ずかしいらしい。

「だって、『衣装から生じるベリーダンスへの偏見をなくす』っていうのを企画書に入れるように言ったの、先輩じゃないですか。それに、責任者が衣装を着るのを嫌がってベリーダンスをやらないのは、さすがに変でしょう？」

「うっ。そ、それはそうなんだけど……」

　春人の指摘に、美由紀は言葉に詰まってしまう。

　このジレンマのため、彼女はプロジェクトにゴーサインが出てから、ずっと憂鬱《ゆううつ》そうにしていた。

（原田先輩は綺麗《きれい》だから、ベリーダンスの衣装がすごく似合うと思うんだけどなぁ）

　一緒に仕事をしていて感じたことだが、どうも美由紀は自己評価が低いきらいがあった。こちらからすれば、もっと自信を持ってもいいのではないか、と思うのだが。

　とはいえ、春人自身にもその正直な気持ちを口にする度胸はなかった。

　ただ、憧れの先輩が扇情的な衣装を着て踊っている姿を想像すると、それだけで邪《よこしま》な思いが湧き上がってくるのを抑えられなくなってしまう。

（イカン、イカン。今は仕事中なんだから）

　春人は、慌てて脳内に浮かんできた妄想を振り払って、誤魔化すように口を開くことにした。

「僕も、言い出しっぺとして協力したいですよ。だけど、男性向けのダンスはミライさんも『知らない』って言ってましたし、当座は女性に任せるしか……」

「はぁ。やっぱり、やるしかないのね。けど、ステージ映えさせるには、せめてあと一人はいたほうがいいんでしょう？　そんなに都合よく……」

と、美由紀がため息交じりにボヤきだしたとき。

「あ、あのぉ……」

不意に女性の声がして、春人は慌てて声のしたほうを見た。

すると、いつの間にか春人たちの席の横に、スーツ姿の女性がやって来ていた。

彼女はショートヘアで童顔なので、「美人」より「可愛い」と言ったほうがいい顔立ちである。高校の制服を着たら、まだ「高校生」と言われても信じてしまいそうだ。体型は、スーツ越しにもややスレンダーと分かる。

「あら、智代《ともよ》ちゃん？　どうしたの？」

と、美由紀が目を丸くする。

「原田先輩、お知り合いですか？」

「ええ。去年、役場に入った子で、総務課の秋島《あきしま》智代ちゃん」

美由紀の紹介を受けて、智代が春人に向かってペコリと頭を下げた。

「へぇ。じゃあ、僕の先輩ですね。って、秋島？」

春人は、驚きの声をあげていた。「秋島」というのは、今が三期目の町長と同じ姓なのである。

「ええ。察しのとおり、彼女は町長の娘さんよ。ちなみに、短大を卒業して入ったから、四年制大学を出た友坂くんよりも一歳下なんだけど」

「なるほど。で、その秋島さんが、何か？」

春人が、そう疑問を口にすると、

「あ、あの……わたしも、町おこしプロジェクトに加えてもらえませんか？」

と、智代が怖ず怖ずと切り出した。

「えっ？　智代ちゃん、何をするか分かって言っているの？」

美由紀が、驚きの表情を浮かべて訊く。

「は、はい。えっと、実は夕べ、父から……。ベリーダンスですよね？　は、恥ずかしいですけど、頑張りますっ」

智代はそう小声で言いながら、小さなガッツポーズを取った。

どうやら、彼女は町長から話を聞いた上で参加を決意したようである。

「でも、秋島さん？　どうしてですか？」

あまりにも意外な展開に、春人はそう問いかけていた。もっとも、町長の娘が「ベリーダンスをやりたい」と言いだしたのだから、疑問を抱くのは当然だろう。

「あ、えっと……わたし、父のコネで役場に入ったから、皆さんにあまりよく思われていないんです。それでも、わたしは本気で町の役に立ちたいと思っていて……でも、雑用以上の仕事をちっともさせてもらえなくて……」

なんとも悲しそうな表情を浮かべて、彼女がそこで言葉を切った。

（はははぁ。町長の娘だから、周囲が扱《あつか》いに困って雑用しかやらせないってのは、確かにありそうだなぁ）

合積町は保守的な男社会を形成していて、それは町役場も例外ではない。

実のところ、美由紀も町民福祉課では雑務ばかりで、かなり不満を抱えていたらしい。そんなとき、プロジェクトに声をかけられたため二つ返事で引き受けたのだ、とリュヤーで食事をした際、彼女は教えてくれた。

「それに、美由紀さんには日頃からお世話になっているので、少しでも恩返しができたら、とも思って……」

と、智代が言葉を続ける。

どうやら、年齢が近く同性の美由紀は、町長の娘とはいえ後輩が邪険にされているのを見て見ぬ振りができなかったらしい。こういう世話好きなところは、やはり高校時代から変わっていなかったようだ。

そうして、自分を孤立から救ってくれた相手に恩返しをしたい、と思うのは当然の心理と言えるだろう。

「そうだね。それじゃあ……」

と、春人が言おうとしたとき、別の女性が通路から姿を見せた。

見た感じでは、春人たちよりも年上のようで、ストレートのロングヘアにやや垂れ目気味ながらも穏やかそうな美貌の持ち主である。コートを手に持ち、ややゆったりめのワンピースを着用しているところから考えても、町役場の職員ではあるまい。ただ、その姿でもバストの大きさは印象的だ。

「あの……町づくり課の、原田さんはいらっしゃいますか？」

こちらにやって来た女性が、遠慮がちに口を開く。

「あ、はい。わたしが原田ですけど？」

と、美由紀が立ち上がって応じる。

「あっ。えっと、わたしは出納課で係長をしている桜木《さくらぎ》の妻で、桜木菜生子《なおこ》と申します。あの、こちらの課で町おこしにベリーダンスをする、と主人から聞きまして……わたしも参加させていただければ、と……」

そう言って、菜生子が頭を下げた。

「えっ？　あの、本当にいいんですか？」

彼女の申し出がよほど意外だったらしく、美由紀がそんな驚きの声をあげる。

「はい。恥ずかしながら、主人から『痩せろ』とキツく言われていまして……ベリーダンスがダイエットやシェイプアップにいい、というお話でしたし、わたしも町のお役に立ちたくて。運動は、あまり得意ではないのですけど……」

巨乳人妻の言葉に、美由紀が困惑した表情でこちらを見た。

「どうする、友坂くん？」

正直、ダイエットが必要そうな体型には見えないが、断る理由も特に思いつかない。

「ん～、いいんじゃないですか？　ちょうど、もう少しダンサーが欲しいと思っていたところですし、お二人にやる気があるんだったら、是非とも協力してもらいましょう。あ、ちなみに僕が発案者の友坂です。つい先日、役場に入ったばかりのぺーぺーなんで、原田先輩にプロジェクトリーダーをしてもらっていますが」

と、春人も立ち上がって智代と菜生子に自己紹介をする。

そんな姿を、美由紀がいささか複雑そうな表情を浮かべて見ていることに、春人はまったく気付いていなかった。

4

水曜日の役場の終業後、春人たちは定休日のリュヤーを訪れていた。

「ワン、ツー、ワン、ツー。菜生子、それじゃあ足で腰を動かしているだけヨ。ヒップドロップは足じゃなくて、脇腹の筋肉で動かすの。美由紀は、腰が前に出ているワ。真横に動かして。智代、軸足を伸ばしすぎ。伸ばしきると動きが鈍くなるから、少し膝を緩《ゆる》めて」

長袖のTシャツとスウェットパンツ姿のミライが、三人の動きを見ながら矢継ぎ早に指導する。

今、美由紀と智代と菜生子が、ミライからベリーダンスのレッスンを受けている最中だった。とはいえ、まだレッスンウエアがないため三人とも思い思いのジャージ姿なのだが。

ベリーダンスには、腰を細かく動かす「シミー」、腰を床と水平に動かす「ヒップサークル」、両腕をウェーブさせるように動かす「スネークアームズ」、そして美由紀たちが取り組んでいる、腰の片方を持ち上げる「ヒップドロップ」という、四つの基本的な動作がある。だが、レッスン初日ということもあり、さすがに三人とも悪戦苦闘していた。

（それにしても、見ていることしかできないのは、やっぱりもどかしいな）

今さらのように、春人はそう思わずにはいられなかった。

正直、春人が終業後のレッスンに付き合う必要性などなかった。だが、美由紀やミライに丸投げして自分だけ帰宅するのは、プロジェクトの発案者としてあまりに無責任な気がする。そう考えて、リュヤーに来たのである。

ちなみに、ベリーダンスは基本的に裸足なので、店でのレッスンでは防音対策にもなるフロアマットを敷く必要があった。そこで、一同が奥で着替えている間に春人がマットを敷いたり片付けたりすることにした。

しかし、実際のレッスン時間中は、どうしても手持ち無沙汰になってしまう。

「はい、いったんストップ。やっぱり、アタシの手本と動画だけじゃ、動きのイメージが摑《つか》みにくかったのかしらネェ？」

ほどなくして、ミライが練習を中断してボヤくように言った。

ミライのお手本だけでなく、練習開始前にネットにあったベリーダンスの動画も見たのだが、今日が初めての初心者にはいささか難しかったようである。

「ミライさん？　ベリーダンスの衣装があるなら、着て見せてもらえませんか？　そのほうが、イメージが具体的になるし、動きも分かりやすいと思うんですけど」

タオルで汗を拭《ぬぐ》いながら、美由紀が言った。

「ええー。確かに、昔着ていた衣装はまだあるにはあるけど、もう十年くらい使っていないのヨ。体型が変わっちゃったから、着られるか分からないワ」

「それでも、あるんだったらお願いします」

渋るミライに、美由紀が食い下がる。

「あの……わたしも、実際の衣装を見てみたいです」

「あっ、わたしも……できれば」

と、智代と菜生子までがそんなことを言う。

「はぁ。分かったワ。着替えてみるから、休憩がてらちょっと待っていて。あ、だけど衣装のサイズがあんまりにも合わなかったら、さすがに勘弁してちょうだいネ」

諦めたようにそう応じて、ミライが奥の部屋に姿を消した。

この商店街の店は、どこも一階の奥と二階が住居部になっている。そのため、着替えも容易なのだ。

そうして、一同が水分を補給したりして一息ついていると、

「お待たせ。かなりギリギリだけど、なんとか着られたワ」

という声と共に、ミライが引き戸を開けて姿を見せた。

その姿を見たとき、春人は思わず息を呑んでいた。

エメラルドグリーンの布地に、金色の刺繍《ししゅう》が施されたビキニの水着のような形のきらびやかなトップス、そして太股の付け根までスリットの入ったスカートと、ゴールドのスパンコール付きヒップスカーフという組み合わせは、典型的なベリーダンスの衣装である。

しかし、生で目にした姿は、動画などで見た以上に美しく、またなんとも扇情的に思えてならなかった。

何より、曲がりなりにも顔なじみとなった美女が、露出の多いエキゾチックな衣装を着用している、という事実が、自然に胸の高鳴りをもたらす。

「さすがに胸回りもキツイし、ウエストもかなり危ないワ。ちょっと動くくらいなら大丈夫だけど、本気で踊ったら弾《はじ》けそう。やっぱり、太っちゃったわネェ」

恥ずかしそうにそう言いながら、ミライが自分の脇腹に手をやる。

「そんなことないですよ！　ミライさん、すごく綺麗！」

と、美由紀が羨望の眼差しを向けて言った。

（うんうん。まったく、原田先輩の言うとおり）

口には出さなかったものの、春人も内心で頷《うなず》いていた。

ミライは、そこまで巨乳というわけではないが充分なバストサイズがあり、身長が百六十九センチあって顔立ちが日本人離れしているため、エキゾチックな衣装がとても映えて見える。とはいえ、腰回りの肉がややスカートに乗っかっている感じで、彼女がそのあたりを気にするのもよく理解できた。

「だけど、実物をこうして見ると、本当に……なんて言うか、すごく大胆」

「わ、わたしたちも、本当にあんな衣装を着て、人前で踊るんですか？」

智代と菜生子は、頬を赤らめながら少し腰が引けた様子で、そんなことを口にする。頭では覚悟を決めていたとはいえ、実際に着ている人を目の当《ま》たり《あ》にして、怖じ気づいてしまったらしい。

「そこらへんは、慣れるしかないわネ。慣れたら、海水浴場とかプールで水着姿を人に見せるのと変わらないわヨ」

と、ミライが肩をすくめてから、表情を引き締めた。

「はい、それよりヒップドロップをやってみせるから、よく見ていて」

そう言って、彼女は右足を前に出してヒップドロップの基本姿勢を取った。そして、腰を動かしてみせる。

「なるほど。この格好だと、腰の動きがよく分かるわ」

「そうですねぇ。わたし、できるようになるかなぁ？」

「ああ、なんだか難しそう。ますます、自信がなくなってきたわ」

美由紀と智代と菜生子が、口々にそんな感想を口にする。

「まだ初日だし、練習すれば少しずつできるようになるわヨ。スクントゥヨク（大丈夫）。さあ、またやってみましょうカ？」

ヒップドロップをやめたミライが、笑みを浮かべながら言った。

（しかし、あの衣装で腰を動かすと、やっぱりすごく色っぽいなぁ）

春人は、ついそんなことを思っていた。

実際、ウエストが丸見えの状態の生ヒップドロップは、想像以上にエロティックに思えてならない。

（ああ、イカン。なんか、ジャージ姿でもあの腰の動きが、ものすごくエロく見えてきちゃったよ）

練習を再開した女性たちを見ながら、ついそんなことを思った春人は、自分の脳裏に浮かんできた妄想を、懸命に振り払うのだった。

5

日曜日の午後、春人は気分転換がてら外をブラブラと歩いていた。

水曜日の夕方と土曜日の午後にレッスンをしたが、さすがに昨日、美由紀たちは全身の筋肉痛を口にしていた。何しろ、もともと三人とも運動不足気味だったのに、ベリーダンスのレッスンを何時間もやったのだ。慣れない動きで、身体が悲鳴をあげたのは当然と言える。

そのため、今日はレッスンを休みにして、休養に充《あ》てることにしたのだった。

「原田先輩はもちろん、智代ちゃんも菜生子さんもまだ恥ずかしがっているけど、真面目にレッスンを受けてくれている。だけど、俺は今のままだと本当に単なる片付け係なんだよなぁ。もっと、みんなの役に立てればいいんだけど……」

歩きながら、そんな独り言が漏れる。

特に、ミライは店を通常通りに営業しながら、定休日などにベリーダンスを教えてくれているのである。役場とは関係なく、本来ならばしなくていいことを春人の思いつきでやる羽目になったのだから、レッスンの準備や片付け以外でも彼女に報《むく》いたい気持ちはあった。とはいえ、町役場は副業を認めていないので、リュヤーで働いて恩を返すわけにもいかないのだが。

「あら、春人じゃない？　メルハバ（こんにちは）」

物思いに耽《ふけ》っていると、不意に背後からミライの声がした。

我に返って振り向くと、長袖のシャツにジーンズのズボンという格好のリュヤーの店主がいた。彼女は、両手に野菜などが入った買い物袋をぶら下げている。

「あ、ミライさん、こんにちは。買い物ですか？」

「ええ。スーパーに香辛料を買いに行ったんだけど、ちょうどタイムサービスをやっていてネ。ついつい、買いすぎちゃったワ。まぁ、野菜は明日、お店で出す料理に使うけど」

「あの、荷物を持つのを手伝います」

「あら？　じゃあ、お言葉に甘えるワ。こんなに買うつもりじゃなかったら、さすがにちょっと腕が辛かったのヨ」

春人の申し出を、ミライは快く受けてくれる。

そうして買い物袋を受け取ると、確かに腕にズシッと重量がかかった。これだけの荷物を女性の腕で店まで運ぶのは、かなり大変だろう。

春人は商店街まで行くと、ミライと共に裏口の住居部の玄関から中に入った。そして、廊下を突っ切って店の厨房に出ると、要冷蔵の食品を業務用冷蔵庫に入れ、香辛料や野菜は買い物袋から出して、まとめて厨房のワークトップに置く。

「サオルン（ありがとう）、春人。おかげで、助かったワ」

と、ミライが声をかけてきた。

ちなみに、「サオルン」は「テシェッキュル・エデリム」と同じ「ありがとう」という意味のトルコ語だが、かなり砕けた表現で親しい間柄で使う言葉だそうだ。

「いえいえ。いつもお世話になっているんで、これくらいお安いご用ですよ。じゃあ、僕はこれで……」

「あら、何か用があるの？」

「そういうわけじゃないですけど……」

「だったら、お礼くらいさせてヨ」

このように言われると拒《こば》めず、春人はそのまま一階の居間に上がることになった。

そこは、テレビと丸テーブルと食器棚が置かれた八畳ほどの広さの和室で、奥に台所が見える。おそらく、お茶でもご馳走してくれるのだろう。

ところが、ミライは春人を居間に案内しながらも台所には向かわず、「ちょっと着替えてくるから」と二階に行ってしまった。

（お茶を出すくらいなら、あの格好のままでもいいと思うんだけど？　それにしても、お茶って紅茶？　それとも、日本茶かな？）

トルコでは、「チャイ」と呼ばれる紅茶が至るところで飲まれており、茶の消費量は今や世界一らしい。そういう国の出身となれば、お礼でチャイが出てきてもおかしくはあるまい。ただ、もう日本に長く住んでいるので、日本茶という可能性もある。

そんなことを考えていると、間もなく廊下から足音が近づいてきた。

「春人、お待たせ」

そう言って部屋に入ってきたミライを見て、春人は目を丸くしていた。

彼女は初日に見せた、あのベリーダンスの衣装を着用していたのである。

「み、ミライさん、その格好は……？」

「うふふ……前にこれを着たとき、春人ったらアタシのことをジッと見ていたでしょう？　だから、特別サービスヨ。どうかしら？」

と言って、胸を張りながら片手で髪をかきあげるような仕草をする。

どうやら彼女は、春人が見とれていたことに、しっかり気付いていたらしい。

（ミライさん、やっぱりすごくエロい……）

恥ずかしさはありつつも、春人はまたしても目を離せなくなっていた。

一度は目にしている格好だが、あのときはまだやや距離があった。しかし、今はほんの数歩近づけば触れるところに、エキゾチックな衣装を着たミライがいる。この距離感の差だけで、セクシーな雰囲気がいっそう強く感じられる気がした。何より、彼女のポーズがあまりに扇情的すぎる。

おかげで、自然に一物《いちもつ》が体積を増してしまった。

(くうっ。こんなところ、ミライさんに見つかったらヤバイぞ)

という焦りが、春人の中に湧き上がってきた。

もしも彼女に嫌われたら、今回のプロジェクト自体が破綻《はたん》してしまうのは間違いない。しかも、頓挫の理由が「自分がベリーダンスの衣装姿に興奮して、ミライに嫌われたから」では、美由紀に合わせる顔がないどころか、恥ずかしくて町にもいられなくなってしまうだろう。

「お礼って言うのは、今日のことだけじゃないのヨ。正直、アタシはもうベリーダンスをやることはないって思っていたノ。だけど、春人のおかげでまた始められた。しかも、上手くすればこの町でベリーダンスを広められるかもしれない。そんなこと、アタシは思いつきもしなかったワ」

こちらの動揺を知ってか知らずか、そう言葉を続けながらミライが近づいてきた。

そして、座って春人に身体を寄せてくる。

「わっ。み、ミライさん？」

女性の体温が伝わってきて、春人は驚きの声をあげつつそっぽを向いていた。

ミライの美貌が、目と鼻の先に近づいているため、まともに見ることができない。

「随分《ずいぶん》と、初々《ういうい》しい反応じゃない。やっぱり、春人ってエッチの経験がないのネ？」

と、ミライが耳元で指摘してくる。

それは、まさに図星だった。

中学時代の失恋のトラウマは大学時代も治らず、また風俗に行く経済的な余裕もなかったため、春人には未だにキスの経験すらなかったのである。

「あ、あの、ミライさん……そろそろ、離れて……」

「あら、どうして？　興奮しちゃうから？　って、もう遅いと思うけど？」

からかうように、ミライが言った。

実際、春人の一物はズボンの内側ですっかり体積を増している。

「ねぇ、春人？　アタシと、エッチしましょうヨ？」

ミライのあまりに予想外の言葉に、春人は「へっ？」と間の抜けた声をあげていた。

彼女が、どうしてこんなことを言いだしたのか、まったく理解できない。

「アタシ、母がこの店を開く前に、数年の間だけど結婚して金沢で暮らしていたの。だけど、彼は向こうのお店の跡取りでネ。アタシ、母のお店をどうしても手伝いたくて、子供もいなかったから別れたのヨ。それからずっとフリーだったから、セックスもすっかりご無沙汰で。そのせいか、春人が来るようになってからは、身体が疼《うず》くようになっちゃってェ」

そう事情を説明して、ミライが胸を押しつけてきた。

おかげで、充分な大きさの柔らかさと弾力《だんりょく》を兼ね備えたふくらみが腕に当たり、グニャリと潰れる。

衣装越しとはいえ、生の乳房の感触に春人の心臓が大きく飛び跳ねた。

「春人は、アタシのこと嫌い？　こんなおばさんなんて、抱く気にならない？」

「い、いえ、そんなことは……でも……」

彼女の問いかけに、春人は言いよどんでいた。

もちろん、ミライは充分に魅力的である。彫りが深く年齢を感じさせない整った美貌、女性としては長身で長い手足、充分に存在感のあるバストとふくよかなヒップ。そこにベリーダンスの衣装が加わって、目を惹かれずにはいられない。正直、理性によるストッパーが働かなかったら、むしゃぶりつきたくなるくらいだ。

しかし、脳裏に憧れの先輩の顔がよぎり、ミライの誘いに安易に乗る気にならない。

「もしかして、美由紀のことを気にしているノ？」

またしても、ミライが図星を突いてくる。まったくもって、心を読まれているのではないか、と疑いたくなるくらい、彼女の指摘は的確である。

「スクントゥヨク（大丈夫）。黙っていたら、美由紀は気付かないワ。それに、あの子もバージンだから、初めて同士だと色々大変だと思うのよネェ」

「えっ？　そうなんですか？」

思いがけない話に、春人は驚きの声をあげていた。

今の美由紀に交際相手がいないのは、普段の言動から容易に察することができた。だが、彼女ほどの美貌があれば、短大時代に異性と交際して関係を持っていたとしても、まったく不思議ではない。しかし、どうやらそういうこともなかったようである。

「アタシ、美由紀のためにも春人は女に慣れておいたほうがいい、と思うのヨ」

このように言われると、こちらとしても反論の余地がない。

「ちなみに、町役場でも美由紀に声をかけてくる男は結構いるらしいけど、既婚の人ばかりらしいワ。あの子は真面目だから、お酒が入ると『不倫なんてしたくないのに』ってボヤいているわヨ」

(ああ、なんだか想像がつく。いかにも、原田先輩らしいなぁ)

春人が、ついそんなことを思っている間に、ミライが前に回り込んできた。そして、頬に手を添えて顔を近づけてくる。

エキゾチック美女の美貌がたちまち迫り、こちらが言葉を発する前に唇が重なる。

(お、俺のファーストキスが……)

と、呆然としていると、すぐにミライの舌がヌルリと入り込んできた。

「ンッ。んちゅる……んむっ、んんっ……」

くぐもった声を漏《も》らしながら、彼女が舌を絡《から》みつけてくる。

(うっ。舌と舌が触れ合ったところが、すごく気持ちよくて……)

信じられない出来事と、いきなりもたらされた快感に、春人は唇を振り払うことも忘れてしまい、たちまち心地よさに流されていた。

6

「んむっ。んじゅる……じゅぶる、ンンッ、んむむっ……」

「ううっ。み、ミライさん、それっ、くうっ！」

口唇のストロークによって一物からもたらされる快感に、春人はおとがいを反《そ》らしながら我ながら情けなく思う喘《あえ》ぎ声をこぼしていた。

今、ベリーダンスの衣装を着用したままの熟女が、下半身を露《あら》わにした春人の股間に顔を埋め、ペニスを咥《くわ》え込んで奉仕をしている。

彼女は、こちらがディープキスで朦朧《もうろう》となった隙を突いて、あれよあれよという間にズボンを脱がすと、肉棒にしゃぶりついてきたのだった。

ミライの顔が動くたびに、唇で竿をしごかれて鮮烈な快電流が脊髄を貫《つらぬ》く。おまけに、彼女は顔を動かしながら、舌で裏筋を刺激してくるのだ。その感触は、自分の手とはまったく異なる心地よさをもたらしてくれる。

「ンム、んぐ……ぷはっ。ふふっ、春人、気持ちよさそうネ？　もっと、よくしてあげるわヨォ」

ペニスを口から出したエキゾチック美女は、楽しそうにそう言うと、今度は陰茎の先端に舌を這《は》わせだした。

「レロ、レロ、チロ、チロ……」

「ふああっ！　そっ、そこはっ……はああっ！　ああっ……！」

舌の動きでもたらされた鮮烈な快感に、春人は改めて天を仰ぎながら喘いでいた。

先端をこのように責められていたら、あっという間に達してしまうかもしれない。

すると、ミライは亀頭から舌を移動させて、今度は竿をネットリと舐《な》め回し始めた。

「レロロ……ピチャ、ピチャ……」

(うはあっ！　先っぽよりもどかしいけど、これはこれで気持ちいい！)

春人は、リュヤーの店主の舌使いにすっかり翻弄《ほんろう》され、もたらされる心地よさに酔いしれていた。

もちろん、「フェラチオ」という行為は、アダルトビデオなどで目にして知っている。しかし、これほどの気持ちよさは、さすがに予想外と言うしかない。

(み、ミライさんとは恋人でもないのに、こんなのはいけないことだ！)

と、理性が警告を発する。だが、分身からもたらされる圧倒的な快感は、そんな訴えをあっという間に押し流してしまう。

せめて、風俗での女性経験くらいあれば、もう少し踏みとどまれたかもしれない。

しかし、異性との交際はおろか風俗遊びの経験も皆無の完全童貞が、この快楽に抗《あらが》うことなどまず不可能といっていいだろう。

ひとしきり肉茎を舐め回すと、ミライがいったん舌を離した。

「ぷはあっ。春人のチ×チン、とっても大きくて立派ァ。こんなにすごいモノを持っているのに、今まで童貞だったなんて勿体《もったい》ないわネェ」

（へぇ。俺のチ×ポって、大きいほうなのか？）

誰かと比べたことがないので自覚はなかったが、どうやら春人のペニスはバツイチの女性から見ても充分なサイズらしい。

そう分かると、恥ずかしいながらも少し嬉しい気持ちもある。

すると、ミライがまた口を大きく開けた。そして、ペニスを根元近くまで咥え込んでストロークを始める。

「ンンッ。んじゅ、んむっ、んぐ、んぐ……」

「ああっ、み、ミライさんっ、それっ……はううっ！」

先ほどよりも大きく速い動きでもたらされた刺激に、春人は我慢しきれずまたしても呻《うめ》くように喘ぎ声を漏らしていた。

さらに彼女は、肉棒を口から出すと、改めて丹念に全体を舐め回す。

「レロロ……ンロ、ンロ……」

（ううっ、すごっ……これ、本当によすぎて……）

もはや、やめさせようという気持ちなど、春人の心からはすっかり吹き飛んでいた。

それどころか、ずっとこの行為を続けていて欲しい、とさえ思っている。

　これほどの興奮を感じたことは、自慰ではなかった。

　もちろん、初めてのフェラチオというのは、昂《たかぶ》りの大きな理由だろう。しかし、何よりベリーダンスの衣装を着用したエキゾチック美女にフェラチオされている、視覚的な効果が大きかった。

　裸の女性にフェラチオされた経験はないが、この衣装でされるのは全裸よりもエロスが感じられる気がしてならない。しかも、異国の衣装に畳の和室というギャップも、奇妙な興奮をもたらす。

「ああっ、ミライさん！　僕、もう……」

　春人は、いよいよ込み上げてきたものを堪《こら》え切れず、そう口走っていた。

「あら、もう出そうなの？　ま、初めてだものネ。いいワ。お口で受け止めてあげる。はむっ。んっ、んっ……」

　こちらの訴えの意味を察したミライが、またペニスを咥え込み、リズミカルに顔を動かしだす。

「んっ、んっ、んむっ、んぐっ……」

「ふああっ！　そっ、それっ……くっ、もう出る！」

絶妙な刺激が、込み上げてきていた射精感を一気に限界点に押し上げ、とうとう限界を迎えた春人は、彼女の口内にスペルマをぶちまけた。

「んんんんんっ！」

ミライが、くぐもった声をあげながら目を丸くして動きを止めつつ、しっかりと白濁《はくだくえき》液を受け止める。

（す、すごい……）

射精しながら、春人はリュヤー店主の様子を見つめていた。

彼女の口元には、さすがに飲み切れなかった白濁の筋ができている。だが、大半の精は口内にしっかりととどまっている。ペニスをまだ口に含んだ状態で、いったいスペルマがどこに収まっているのか、と疑問を抱かずにはいられない。

間もなく射精が終わると、ミライはゆっくりと肉棒を口から出した。

「ンン……んぐ、んぐ……」

彼女は、声を漏らしながら口を満たしたものを飲みだす。

（うわぁ。ほ、本当に精液を飲んでるよ……）

春人も今どきの若者なので、ネット上のアダルト動画などで精飲を目にしたことはあった。だが、実際にその光景を目の当たりにすると、さすがに信じられないものを見ている気がしてならない。

「ぷはぁ。すごく濃くて、量も多かったワァ。春人、溜まっていたの？」

口内の精を処理し終えると、ミライがからかうように訊いてきた。

「いや、そんなことは……ただ、ミライさんがエロすぎるから……」

「ふふっ、嬉しいことを言ってくれるわネ。サオルン（ありがとう）。それじゃあ、次は春人の番ヨ」

「えっ？　ぼ、僕の？」

「ええ。だって、奉仕してもらうだけじゃなくて、女を愛撫して感じさせる練習もしないとダメでしょう？」

そう言いながら、ミライが衣装のトップスを外した。

すると、綺麗なお椀型《わんがた》の乳房がこぼれ出る。

（ゴクッ。な、生オッパイ……）

露わになったバストに、春人は生唾《なまつば》を呑み込みながらついつい見とれていた。

アダルトビデオなどでは目にしてきたものだが、もちろん生で、しかもこれほど間近で女性のふくらみをこうして見たのは、物心がついてから初めてのことである。

春人が見入っていると、ミライは畳に横たわった。

「ほら、触っていいのヨォ」

そう促《うなが》されて、春人は半ば無意識にエキゾチック美女に近づいていた。そして、彼女にまたがると、恐る恐る胸に手を伸ばす。

心臓が喉《のど》から飛び出しそうなくらい高鳴り、ふくらみに手を近づけていくと自然に緊張感が増していく。

ほんの数秒か、あるいはもっと長い時間だったかも分からなくなるほど頭に血が上るのを感じながらも、春人の手は遂にミライのバストに到達した。

そうして乳房に触れると、彼女の体温とほのかな汗、そして弾力と柔らかさを兼ね備えた感触が、手の平に広がる。

途端《とたん》に、ミライの口から「んあっ」と甘い声がこぼれた。

「うわぁ。こ、これが……」

初めての乳房の感触に、つい感嘆の声が口を衝《つ》いて出る。

ミライのバストの手触りは、春人が想像していた以上のものだった。

柔らかさと弾力の絶妙なバランスといい、手に吸いつくような手触りといい、すべてがアダルト動画などを見て思い描いていた感触を越えている。

もちろん、それが多少ふくよかとはいえ、抜群のスタイルを誇るエキゾチック美女の胸だからこそだ、というのは間違いないことだろうが。

「春人、揉《も》んでいいのヨォ。キミの好きにしてちょうだぁい」

艶《なま》めかしい声で、ミライが訴えてくる。

春人は、「は、はい……」となんとか応じて、手に力を込めた。

すると、指がふくらみにズブッと沈み込んでいき、同時に乳房が形を変える。

だが、力を抜くとバストが指を押し返して、すぐに元の形に戻ってしまう。

(おおっ。これ、なんか面白いかも)

ついそんなことを思って、春人は両手でさらに乳房を揉みしだいた。

「あっ、あんっ、ンンッ、春人？　んくっ、好きにしていいって言ったけど、ちょっとストップ」

そのミライの言葉で、春人は我に返って手を止めた。

「あの、ミライさん？」

「初めてじゃあ仕方がないけど、もう少し女性の反応を気にして。今みたいに、ただ力任せに揉まれても、あんまり気持ちよくなれないのヨ」

「あっ。すみません。その、僕……」

このように指摘されると、己の未熟《みじゅく》さを痛感せずにはいられない。

「それじゃあ、やり直し。ただ揉むだけじゃなくて、手の動きに変化をつけるのネ」

エキゾチック美女のアドバイスに、春人は「はい」と応じて改めて指に力を込めた。

ただし、今度は彼女の反応をしっかり確認しながら、慎重に手を動かす。

「ンッ、あっ、そうっ、んんっ、ふあっ……」

愛撫に合わせて、ミライの口から小さくも艶めかしい喘ぎ声がこぼれ出る。

どうやら、ちゃんと感じてくれているらしい。

そこで春人は、試しに絞るような手の動きでバストを愛撫してみた。

すると、ミライが「ああんっ！」とひときわ大きな悦《よろこ》びの声をあげる。

(こんな感じで、いいのかな？　だけど、やっぱり結構難しいな)

そんなことを思っていると、

「春人ォ、口で乳首を吸って。そうして、舌で突起を弄《いじ》ってみてちょうだァい」

と、ミライが新たなリクエストを口にした。

童貞のぎこちない手つきに業《ごう》を煮やしたのか、あるいは乳房全体よりも敏感な部位を集中的に愛撫して欲しくなったのか、それは春人に判断できることではない。

(お、オッパイに口を……)

もちろん、行為としては知っているが、実際にやるとなるとさすがに恥ずかしさを禁じ得なかった。しかし、このまま手で揉んでいても、セックス経験があるほうは欲求不満になるだけかもしれない。であれば、指示に従ったほうが得策だろう。

そう判断した春人は、思い切ってふくらみの頂点の突起に顔を近づけた。そして、乳頭を口に含む。

すると、それだけでミライが「ハァンッ！」と甘い声をあげる。

春人は彼女のリクエストどおり、乳首を吸いつつ突起を舌で弄りだした。

「チュバ、チュバ……チロロ……」

「ああんっ！　それっ、んはあっ、いいワァ！」

ミライが、先ほどまでよりも艶めかしい声をあげる。

（オッパイにこうしてしゃぶりつくなんて、絶対に赤ん坊の頃以来だよなぁ）

愛撫をしながら、春人はこの行為に妙な懐かしさを感じていた。まったく記憶にはないが、本能が覚えていたのかもしれない。

とはいえ、同時にいっそうの興奮が湧き上がってくるのも、また事実だった。先に一発出していなかったら、この昂りだけで暴発していたかもしれない。

春人は、牡《おす》の本能のまま空いているふくらみに手を伸ばしていた。そして、乳首を舌で愛撫しながら、乳房を揉みしだきだす。

「ハアンッ、それぇぇ！　あんっ、オッパイッ、フアッ、気持ちいいわヨォォォ！　ああっ、はうんっ……！」

ミライが、甲高い悦びの声を張りあげる。

それが嬉しくて、春人はいつしかその行為にすっかり夢中になっていた。

「ハアッ、春人ォ！　んあっッ、そろそろォ！　アアッ、下のほうもっ、ふああっ、お願ァい！」

その彼女の声で、春人はようやく我に返って舌と手を止め、「し、下……」と息を呑んでミライの下半身に目を向けた。

彼女の「お願い」がどういうことかは、童貞でも容易に想像がつく。

「あの、このスカートの上からしちゃって、いいんですか？」

春人は心配になって、そう訊いていた。

彼女が着用しているベリーダンスの衣装のスカートには、かなり細かな刺繍が施されている。汚してしまった場合、洗うのはかなり大変そうだ。

「ああ、そうネェ。この衣装は母が買ってくれたものだし、サイズが合わなくなったといっても、あまり雑に扱うのは忍びないワ。ちょっと、どいてくれる？」

そのミライの言葉を受けて、春人はいったん身体をどかした。

すると、彼女が立ち上がってスカートを脱ぎ、下着姿を晒《さら》す。インナーを着用していなかったところから考えて、もともとこういうことをするつもりだったのかもしれない。

ミライはスカートを傍らに置き、ショーツも脱いで全裸になると、

「さあ、これでもう大丈夫ヨ。続けて」

と言って、身体を再び畳に横たえた。そして、脚をM字に開く。

(うわっ。な、生のオマ×コ……)

春人は、彼女の秘部に息を呑んで見入っていた。

合法的なアダルト動画やエロゲーやエロ漫画では、必ずモザイクや墨で隠されている場所が今、眼前にさらけ出されている。ましてや、既に見知った女性のものなのだ。

ミライの秘部は、少し濃いめの恥毛に覆《おお》われていた。しかし、秘裂からは蜜がうっすらと出ており、蛍光灯の明かりを反射して光っている。その生々しい様子が、逆にエロティックに思えてならない。

「ほらァ。オマ×コ、触ってもいいのヨォ」

そう促されて、春人は生唾を呑み込みながら、「は、はい」と応じて手を伸ばした。

そして、割れ目に恐る恐る指を這わせる。

　すると、指に蜜が絡みつき、ミライが「アアッ！」と甲高い声をあげる。

「ンハア……指を、割れ目に沿って動かしてみてぇ」

　エキゾチック美女のアドバイスを受けて、春人は言われたまま指を動かし始めた。

「ハアアッ、そうヨォ！　はあっ、それっ、あんっ、いいのォ！　ふあっ、ああっ、ひゃううっ、ああっ……！」

　指の動きに合わせて、ミライが今までより一オクターブ高い声で喘ぐ。

　さらに、新たな蜜が溢《あふ》れてきて、指に生温かなものが絡みついてくる。

「はあっ、アアッ、やっぱりもう我慢できないィイ！　春人ッ、早く挿《い》れてちょうだアい！」

　と、彼女が切羽詰まった声で訴えてくる。

　それが何を意味しているかは考えるまでもなく、春人は手を止めて息を呑んでいた。

7

「さぁ、春人ォ。ここに、オチ×ポを挿入するのヨォ」

　と、ミライが自分の指で秘裂を割り開く。

春人は、緊張を覚えながら「は、はい……」と応じて脚の間に入った。

ここまでしてしまった以上、もはや本番を拒む気にはならなかった。とはいえ、初めてのことなので緊張するのは仕方があるまい。

ペニスを濡れた割れ目にあてがうと、それだけで先端から射精しそうな心地よさがもたらされる。

「ああ、そうヨォ。そのまま、挿《い》れてちょうだァい」

エキゾチック美女が、とろけそうな甘い声で誘う。

その声に抗うことなどできず、春人は半ば無意識に腰に力を込めた。

すると、分身がヌルリと秘裂に入り込んでいく。

「ンハアアッ！　硬くてたくましいのっ、中に来たァァ！」

彼女は歓喜の声をあげて、肉茎を受け入れた。

(うわっ。ミライさんのオマ×コの中、温かくて、すごくヌメっていて、チ×ポに絡みついてくる！)

初めて挿入した女性の中の感触に、春人は感動より驚きを感じていた。

押し込むと、一物が温かな膣道に徐々に包まれていく。その感触が、なんとも心地よかった。事前に一発出していなかったら、この時点で確実に暴発していただろう。

挿入の心地よさに浸《ひた》っていると、これ以上は先に進めなくなった。

目を向けてみると、春人の腰とミライの股間が、もう一分の隙もなくピッタリとくっついている。

「ああ、本当にすごいワァ。オチ×ポ、奥まで届いているぅ。元夫のじゃ、ここまで来なかったわヨォ」

ミライが、陶酔した表情を浮かべて言う。

だが、春人はそんな彼女の言葉を上の空で聞いていた。

(ああ……これが、本物のオマ×コの中なんだ……)

自分の手はもちろん、フェラチオで感じた口とも異なる膣道の感触は、想像を超えるものだと言っていい。とにかく、肉棒全体にネットリと絡みついてきて、ジッとしていても心地よさがもたらされるのである。

その快楽に、春人は胸が熱くなるのを抑えられずにいた。

「それじゃあ、春人？　アタシの腰を持って、動いてちょうだァい。最初は腰を引かないで、ただ突くことだけを意識してネ」

「あっ……は、はい……」

ついつい、膣の感触に浸っていた春人は、エキゾチック美女の指示を受けて我に返った。そして、慌てて上体を起こし、彼女の腰を持ち上げる。

「そ、それじゃあ……」

と、春人は腰を動かし始めた。もちろん、アドバイスどおりに突くことだけに意識を集中させる。

「アッ、んっ、そうっ！　んはっ、奥につ、あんっ、来てるゥ！　ああっ、ふあっ、子宮口っ、はううっ、当たってェ！　はあっ、アンッ……！」

抽送《ちゆうそう》に合わせて、ミライが悦びの声をあげる。

どうやら、先端に当たっているのが子宮口らしい。

（くうっ。これがセックス……本当のセックスなのか！）

ピストン運動を続けながら、春人はそんな感動に打ち震えていた。

さんざん想像してきたことだが、現実のセックスはやはり妄想とは別物と言っていいほど違う。

動くたび、陰茎に絡みついてくる温かな膣道の感触、動きに合わせて聞こえる喘ぎ声、そして裸の女性の淫《みだ》らな姿。それらすべてが、牡の本能を刺激してやまなかった。

「ああんっ、春人ォ！　動けそうならっ、んはっ、もっと強くしてっ、ンアアッ、好きにしてっ、ハアンッ、いいわヨォ！　アアッ、はうんっ……！」

と、ミライが喘ぎながら言う。どうやら、彼女ももどかしくなってきたらしい。

小さな動きに少し慣れてきたこともあって、春人はアドバイスに従ってピストン運動を速く大きくした。

「んはあっ！　あんっ、それっ、はあっ、イイっ！　はうっ、ああっ……！」

たちまち、エキゾチック美女の声のトーンが跳ね上がる。

同時に、膣道もいっそう蠢《うごめ》いて、肉茎にさらなる快感をもたらしてくれる。

（ああ、ヤバイ！　すぐに、また出ちゃいそうだ！）

抽送を続けながら、春人はそんな危機感を強めていた。

我ながら早い気はしたが、ここまで気持ちよくなり、甘美な刺激を分身に与えられていたら仕方のないことではないだろうか？　ましてや、これが初セックスなのだから、激しい興奮を抑えることなどできるはずがない。

だが、ミライに「早すぎ」と言われるのではないか、という不安があって、射精を口にすることができない。

「アンッ、春人っ、ふあっ、もう出そうネ？　アアッ、このままァ！　はうっ、今日はっ、あうっ、中に出してっ、んああっ、いいのヨォ！　ハアッ、んああっ……！」

こちらの変化に気付いたらしく、彼女が喘ぎながら先にそう訴えてきた。

ここらへんは、さすが経験者と言うべきだろう。

しかし、その言葉を聞いて、春人は自分が避妊具も着けずに行為に及んでいたことに、今さらのように気付いた。

（み、ミライさんの中に……）

さすがに、そう思うと躊躇《ちゅうちょ》の気持ちが湧き上がってくる。

だが、先に中出しを求められて抜くのは、あまりにも情けない気がする。

何より、この昂った状態で達したい、という牡の本能が春人の心を支配していた。

（ええいっ！　もう、どうにでもなれ！）

開き直った春人は、欲望のまま激しく腰を振りだした。

「あっ、あんっ、奥っ、はあっ、それェ！　ああっ、アタシもォ！　はあっ、久しぶりだからっ、ああっ、イッちゃうぅぅ！　んはああぁぁぁぁぁぁぁぁぁぁ!!」

と、ミライがおとがいを反らして身体を強張《こわば》らせる。

同時に膣肉が収縮して、ペニスに甘美な刺激をもたらす。

その瞬間、限界に達した春人は、「くうっ」と呻くなり、彼女の中に出来たての精をタップリと注《そそ》ぎ込んでいた。

第二章　むっちり妻の快楽自主練習

1

「ワン、ツー、ワン、ツー。そう、その調子。かなり、良くなってきたワ」

水曜日の夜、定休日のリュヤーでは、今日もベリーダンスのレッスンが行なわれていた。

(確かに、先週よりも全体的によくなった感じはするな)

春人の目でも、少なくとも美由紀と智代の動きが、前日までと変わってきたのは分かった。おそらく、コツが摑めてきたのだろう。

ただし、「運動はあまり得意ではない」と言っていた菜生子だけは、前回よりは少しマシというレベルで、まだまだ動きがぎこちない。もっとも、現時点で三人にさほど大きな差があるわけではないのだが。

（それにしても、ミライさんの態度はまったく変わらないなぁ）

ついそんなことを思って、春人は指導に励むリュヤーの美人店主を見つめていた。

数日前にあれだけ激しく交わったというのに、ミライは今日も春人を特別に意識する様子もなく、前回までと同じような態度で接してきた。

彼女のあっけらかんとした態度を見ていたら、日曜日のことが実は単なる夢だったのではないか、という気さえしてしまう。もっとも、あの生々しい感触が夢だとしたら、その想像力のほうが怖くなってしまいそうではあるが。

「春人くん、ボーッとしてどうしたの？」

と、いきなり声をかけられて、春人はようやく我に返った。

顔を上げると、いつの間にか美由紀がタオルで汗を拭いながら来て、心配そうにこちらを覗《のぞ》き込んでいた。

あれこれ考えているうちに休憩に入っていたようで、他の面々も水分を補給したり、タオルで汗を拭ったりしている。

「あっ。えっと、原……じゃなくて、美由紀先輩……その、なんでもないです」

春人は、焦りながらしどろもどろになって応じた。どうも、まだ虚を衝かれると、以前からの「原田先輩」という呼び方をしそうになる。

実は、美由紀と同じ町役場の町民福祉課には、彼女よりも前に入った「原田」姓の人がいた。そのため、役場内では美由紀を名で呼んで区別をつけているのである。

春人は、先週まで高校時代からの呼び方をしていたが、本人の要望もあって職場のルールに従うことにしたのである。もっとも、憧れの相手を名で呼ぶ気恥ずかしさと、今日でようやく三日目ということもあり、まだ呼び方に馴染めていないのだが。

ただ、美由紀のほうも「わたしだけ名前で呼ばれるのもなんだから」と、春人のことを名のほうで呼ぶようになったため、距離が少し縮まった気はしていた。

「今週は、なんだか仕事にも身が入っていないみたいだけど、調子が悪いんじゃないの？　いきなり大役を任されたんだし、プレッシャーとか大丈夫？　心配事があるなら、なんでも言ってね？」

美由紀が、心配そうに訊いてくる。

（と言われても、まさか「ミライさんとエッチしたけど、態度が変わらないのが不思議で」なんて打ち明けるわけにいかないし）

そう思うと、なんとも胸が痛む。

同時に、春人は近くにいる彼女に手を出したい、という衝動に駆られていた。

（美由紀先輩の生オッパイも、きっと温かくて弾力があって……それに、オマ×コだって……）

本物の女体の感触を知ってしまったために、憧れの先輩が目の前にいると、ついそんなことばかり考えてしまうのである。

ましてや、コートや衣類や下着越しだったとはいえ、美由紀の胸には顔を埋めたことがあるのだ。いくら彼女から、「あれは事故だから忘れて」と言われても、そう都合よく忘却できるはずがない。

とにかく、近くにいると以前より胸が高鳴り、さらにミライと関係したことを秘密にしている罪悪感もあって、仕事にイマイチ集中できなくなったのである。

もっとも、こんなことは口が裂けても言えるはずがない。

「えっと、プレッシャーは多少……とにかく、僕は大丈夫なんで。すみません、心配をかけちゃって」

「そう？　だったら、いいんだけど」

こちらの言い訳に、納得はしていない様子ながらも美由紀は引き下がって、ミライたちのほうに戻っていく。

なんとか誤魔化しきれたことに、春人は胸を撫で下ろしていた。

（ふぅ。とりあえず、今の俺が最優先で考えなきゃいけないのは、夏祭りのイベントを成功させて、「ベリーダンスで町おこし」って気運を高めることだ。美由紀先輩とのことは、ひとまず後回しにしよう）

春人は、どうにかそう気持ちを切り替えて、油断するとすぐ脳内に湧き上がってくる邪な思いを懸命に抑え込むのだった。

2

翌日の日曜日、午前中にベリーダンスのレッスンを終えたあと、春人はミライに頼まれて、一緒にリュヤーの車で出かけていた。

食材にこだわるミライは、店が定休日の水曜日や日曜日に、合積町から川沿いの国道を使って車で一時間弱の市までしばしば出かけていた。そして、料理に必要なものを自分で選んで買うのである。

町おこしプロジェクトに協力してもらっている相手の頼みであり、こんなことででも多少は恩返しをしたい、という思いもあって、春人は手伝いを了承したのだった。

ちなみに、店の車はワンボックスカーなので、後部座席部分をすべて積載に使うとそれなりに荷物を積み込める。ミライは、いつもなら宅配にするようなものも、「今日は男手があるから」と持ち帰りにしていた。そのため、いつの間にか荷物が結構な量になっている。

ただ、そうして一緒に買い物をしていると、まるでミライとデート中のような気分になってしまい、春人は胸の高鳴りを禁じ得なかった。

ましてや、彼女とは肌を重ねた仲である。意識するな、と言うほうが無理だろう。

一通りのものを買って、帰路に就《つ》いたのは夕暮れになってからだった。そのため、ルートの半ばまで来た頃には、あたりはすっかり闇に包まれていた。

ミライは、行きのときは明るく話しかけてきていたが、今は黙りこくってハンドルを握っている。もっとも、夜の山あいの道をヘッドライトの明かりだけを頼りに走行しているので、会話の余裕などなく運転に集中しているだけかもしれないが。

とはいえ、助手席の春人は、行きよりも彼女の身体から香水の匂いが強く感じられる気がして、なんとも落ち着かない気分になっていた。先ほどまで動き回っていたこともあろうが、お世辞にも広いとは言えない車内で二人きり、しかも夜道というのも、感覚を鋭敏にしている大きな要因かもしれない。

そうして香りを嗅ぎつつ、美しい横顔を見ていると、ついつい先週の出来事が脳裏に甦《よみがえ》ってくる。おかげで、股間のモノがすっかり体積を増してしまう。

（イカン、イカン。こんなところでムラムラしていたら、さすがに節操なしと思われちゃうぞ）

春人は、どうにか気持ちを鎮《しず》めようと呼吸を整えようとした。

さらに少し進むと、前方に広い路肩が見えてくる。

すると、ミライがハンドルを切って路肩に入り、車を停めてしまった。

「ミライさん？」

突然のことに、春人は呆気《あっけ》に取られて彼女の顔を見る。すると、ミライがシートベルトを外してこちらに身体を向けた。

「ねぇ、春人ォ？　また、アタシとエッチしましょう？」

色っぽい口調で、エキゾチック美女がそう口にする。

「はぁ？　あ、あの、ミライさん？　あれ一度きりじゃ……？」

「そんなこと、アタシ言ってないわヨォ。それに、春人のチ×チン、すごく気持ちよかったんだもの。ずっと我慢していたんだけど、もう限界なのヨ！」

そう言うと、彼女は助手席に移動して、春人にまたがってきた。そして、すぐに顔を近づけ、キスをしてくる。

シートベルトをしていたため、こちらはされるがままになるしかない。

「ンッ。チュッ、ちゅば……」

音を立てながら、ミライが春人の唇をついばむ。

それだけで、唇から性電気が生じて抵抗の意思を奪っていく。

ひとしきりバードキスをしてから、彼女は口内に舌をねじ込んできた。

「ンジュル……んろ、んろ、じゅぶる……」

春人の舌に軟体物が絡みついてきて、前回同様に接点から得も言われぬ心地よさが生じる。

その快感もさることながら、ミライの匂いと体温を強く感じていることもあり、頭に靄《もや》がかかったような感覚になってきてしまう。

春人の身体から力が抜けたのを見計らって、エキゾチック美女が唇を離した。

「プハアッ。ふあ、はあ、はあ……春人ォ」

と、ミライが濡れた目で見つめてくる。

「はぁ、はぁ……み、ミライさん、こんなところで……それに、僕は……」

「あら、さっきからココをこんなにしていたのに、まだそんなことを言うのォ？」

と、彼女は股間に手を這わせてきた。

ズボン越しに勃起《ぼっき》を弄られて、春人は思わず「はうっ」と声をこぼしてしまった。

どうやら、バツイチのエキゾチック美女は、こちらの様子にとっくに気付いていたようである。

そうと分かると、恥ずかしさで沈黙するしかない。

「どう？　そろそろ、春人も素直になったらァ？」

と、妖しい笑みを浮かべながらミライが言った。

さすがに、美女にここまでされて我慢できる男など、この世にはほぼいないだろう。

それに、たとえこの場で拒んだとしても、家に帰ったあと昂りを一人で解消できるとは思えなかった。

何よりも、ベリーダンスを教えてくれている恩人なので、強く拒否もしづらい。

そのようなさまざまな思いもあって、春人はとうとう首を縦に振った。

「ふふっ。いい子ネ。それじゃあ……」

と、ミライが春人のシートベルトを外し、助手席を最も後ろまで下げてからリクライニングした。おかげで、ほぼ仰向けの状態になってしまう。

スペースができたので、彼女はしゃがみ込んで春人のズボンに手をかけた。そして、あれよあれよという間にズボンとパンツを脱がして、運転席側に置く。

それからミライは、自分のズボンとショーツも脱いで下半身を露わにした。

あたりに道路照明はなく、車内灯も点《つ》けていないものの、月光のおかげで彼女の秘部がはっきりと見える。

そうして、ミライは再び春人にまたがるとキスをしてきた。

「ンンッ。んじゅる……んむ、んぐっ、んんんっ、んじゅぶ……」

音を立てて、彼女が再び舌を絡めてくる。

だが、今度は開き直った気分なので、春人も自ら舌を動かしだした。

（ああ、これ……なんか、すごく気持ちいいなぁ）

もちろん、我ながら拙《つたな》い舌使いだとは思う。しかし、お互いに舌を動かして絡め合うと、先ほどよりも強い性電気が発生する気がした。

舌同士の接点からもたらされる快感、シャツとブラジャー越しとはいえ感じられるふくらみの感触、それに彼女の体温、さらに香水と混じった牝《めす》の匂い。それらすべてが、牡の本能を刺激してやまない。

春人は、昂りに任せてエキゾチック美女のヒップを鷲摑みにした。そして、手に力を入れて尻を揉みだす。

「ンンッ？　ンッ、ンジュッ、ブジュルル……！」

さすがに驚いたのか、くぐもった声を漏らしたミライが、やや身体を強張らせた。同時に、舌の動きが乱れる。

だが、それが逆にイレギュラーな快感をもたらしてくれる。

（ミライさんって、お尻もすごく手触りがいいんだなぁ）

乳房とは異なるヒップの感触に、春人がそんなことを思っていると、彼女がキスをしたまま股間を勃起に押しつけてきた。そして、擦《こす》るように動かしだす。

エキゾチック美女の股間が、既にうっすら湿り気を帯びていたことは、ペニスからの感触でも伝わってくる。

ミライは、キスをしたまま腰を動かし続けた。春人がヒップを揉んでいるものの、動きに特段の影響はなさそうである。

そうしていると、間もなく秘裂から新たな蜜が溢れてきたのが、一物の感触からはっきりと感じられた。彼女も、相当に興奮しているのだろう。

すると、ミライが唇を離して身体を起こした。

「プハアッ。はぁ、はぁ……春人、ヒップから手を離してェ。あんまり時間をかけられないから、このまま挿《い》れちゃうわネェ」

その指示を受けて、春人は言われたとおりにした。

するると、彼女が一物を握って自分の腰を持ち上げ、先端を秘裂にあてがう。

「ンッ。ンンンンンッ！」

エキゾチック美女が、ゆっくりと腰を沈み込ませると、ペニスが温かくヌメッたところに包まれていった。

「ンンッ！　フアッ、入ってくるゥ！　大きなオチ×ポッ、中に来たァァ！」

声を抑えきれなくなったらしく、ミライがそんな歓喜の声をあげる。

そして、とうとう彼女は完全に腰を下ろしきった。

「ンハアア……はふぅ……やっぱり、春人のオチ×ポ、すごいワァ。こうすると、お腹が満たされるのォ」

エキゾチック美女が、目を潤《うる》ませながらそんなことを口にする。

「えっと……ミライさんの中も、すごく気持ちいいです」

春人は、どうにかそれだけ口にした。

騎乗位で挿入されると、自分で挿《い》れるのとは気持ちが異なる。その違いが、また新たな興奮を生みだしているような気がした。

「ふふっ、サオルン（ありがとう）。じゃあ、動くわネェ？」

と言って、ミライが小さく腰を振りだす。

「ンッ、あっ、ふはっ、いいっ！　ンアッ、オチ×ポッ、あんっ、奥ゥ！　はあっ、ノックしてェ！　あっ、あんっ……！」

彼女は、動きだすなり悦びの声をあげた。

（うわっ。こ、これはいいっ！）

ペニスからもたらされた心地よさに、春人は内心で驚きの声をあげていた。

自分で動くのと違って、この体位は分身からの快感に浸っていられる。そのぶん、陰茎に絡みつく膣肉の感触を強く感じられるのだろう。

「ファッ、ふふっ、春人っ、あんっ、気持ちよさそうっ！　んはっ、アタシもっ、ハアッ、とってもっ、あんっ、いいワァ！　はあっ、アアッ……！」

と、ミライが腰の動きを次第に早めていく。

おかげで車体が揺れ動いて、それがまたイレギュラーな快感を一物にもたらしてくれる。

そうして、行為に没頭しかけたそのとき、道路の彼方からヘッドライトの光が微《かす》かに差し込んできた。まだかなり距離はあるが、ハイビームにしているため光がここまで届いたのだろう。

ミライも背を向けているとはいえ、光に気付いたらしく抽送を止めた。そして、身を隠すように春人に抱きついてくる。

窓の位置が高めのワンボックスカーだと、こうすれば相手がより車高の高いトラックなどでない限り、外から覗かれる心配はあるまい。

ただ、おかげで服とブラジャー越しに乳房が顔に押しつけられる格好になってしまった。

（うわっ。ミライさんのオッパイが……）

似たようなシチュエーションは、美由紀と再会した際に経験しているが、今はこちらが仰向けで、しかもエキゾチック美女はやや薄着である。おまけに、バストが思い人より大きいこともあり、ブラジャーに包まれたふくらみの存在感があのときよりもはっきりと感じられた。

間もなく、ヘッドライトの明かりが接近してきて、車内を明るく照らした。

が、それはすぐに通り過ぎ、再び月光以外の光がなくなる。

「フゥ。普通の自動車だったみたいネ？　こんなことをしているなんて、気付かれなくてよかったワ」

ミライが、そんな安堵の言葉を漏らす。

それを聞くと、こちらも改めて自分たちがリスクのある場所でカーセックスをしている、という事実を強く感じずにはいられない。

ただ、彼女の膣は先ほどまでより締めつけを強めていた。どうやら、気付かれる可能性を意識したことで、いっそう興奮しているらしい。

もっとも、それは春人も同様で、カーセックスの背徳感が自身に奇妙な昂りをもたらすのを感じていた。

どうにも我慢できなくなり、春人はミライの服に手をかけた。そして、一気にめくり上げてブラジャーに包まれたふくらみを露わにする。

「えっ？　春人？」

と、驚く彼女を尻目に、ブラジャーをたくし上げて乳房を露出させると、そのまま乳首に吸いつく。

「チュバ、チュブ、チュッ、チュル……」

「アハァン！　それっ、ああっ！　オッパイッ、んはあァァ！」

不意打ちを食らって、ミライが困惑したような甲高い声を張りあげる。

だが、さすがはセックス経験が豊富なだけあって、彼女はすぐに腰の動きを再開しだした。おかげで、ペニスからまた得も言われぬ心地よさがもたらされる。

「あんっ、ふはあっ、メメッ、んはっ、ヴァジナッ、ふああんっ、気持ちいい！　はあっ、アタシッ、ああっ、カーセックスでっ、んはあっ、すごくゥッ！　ああっ、かっ、感じてるゥゥ！　ああんっ、はあっ……」

ミライが、腰を振りながらそんな悦びの声を車内に響かせた。

ちなみに、「メメ」は「乳房」、「ヴァジナ」は「膣」のトルコ語である。十八歳まで暮らしていた国の言葉が思わず口を衝くくらい、彼女が感じていることが分かると、こちらも嬉しくなってくる。

春人は、昂った気持ちのまま腰を突き上げだした。

「キャウンッ！　あっ、はあああっ、うっ、動かれるとォ！　ああっ、ペヌスッ、すごいィイ！　はあっ、アタシッ、ふああっ、すぐにっ、ああんっ、イッちゃいそうヨォ！　あんっ、はあっ……！」

と、ミライが遂に肉棒のことまでトルコ語で口にし、切羽詰まった声を張りあげた。

「ううっ。僕もそろそろ……」

春人も、腰に熱いモノが込み上げてくるのを感じて、そう訴えていた。

初めてのときと違い、先に一発出していない上に、道端でのカーセックスという背徳感満点の行為の興奮もあって、昂りをどうにも抑えられない。

「アアッ、またっ、ンハッ、中に来てェ！　はああっ、春人ッ、アアンッ、このままア！　ふああっ、いっ、イクうううぅぅぅぅぅぅぅぅぅ‼」

ミライが絶頂の声をあげながら、身体を強張らせる。

同時に春人も限界に達して、彼女の中に大量のスペルマを注ぎ込んでいた。

3

「ほら、やっとレッスンウエアが届いたわヨ」

水曜日の夜、終業後に春人たちがリュヤーを訪れると、ミライがそう言ってレッスンウエア姿で出迎えてくれた。

ベリーダンスの本番用の衣装は、細かな刺繍があったり飾りが付いていたりして、洗濯するのが大変である。そんなものを、日頃の練習で着用するわけにはいかないため、少し前にレッスンウエアをインターネットで注文しておいたのだった。ちなみに、本番用の衣装は後日、別枠で頼むことになっている。

もちろん、練習はジャージのままでも構わないのだろう。しかし、本番でいきなり露出の多い衣装を着るよりは、練習段階からある程度は慣れておいたほうが抵抗感も少なくなるはずだ。

そんなミライの意見で、レッスンウエアを購入したのである。

（それにしても、実際に見ると、これはなかなか……）

春人は、ついついエキゾチック美女の格好に見とれていた。

彼女が着用しているウエアは、本番用の衣装と同様にトップスとスカートに分かれており、ヘソ周りが見えている。上下ともワインレッドの単色で飾り気は一切ない。だがビキニ水着のようなトップスは上からでも乳房の形がはっきりと分かり、スカートには大きくスリットが入っているので、時おり片足が太腿までむき出しになる。ウエストも丸見えなので、レッスンウェアとはいえ、本番用と遜色のない、ひどく扇情的な衣装だった。

「はい、みんなの分ヨ。デザインは同じだけど、色は注文したときにそれぞれ選んだとおりネ。美由紀がネイビー、智代がグリーン、菜生子がブルー」

と言って、ミライがビニールに入ったウエアを各々《おのおの》に差し出す。

だが、美由紀と菜生子は複雑そうな表情を浮かべて、衣装とミライを交互に見た。

智代だけは、衣装に目を落としたまま身じろぎ一つしていないため、何を考えているのか、端《はた》からはまったく分からない。

「あ、あのぉ……本当に、これを着るんですか？」

と、怖ず怖ずと切り出したのは菜生子だった。

「えっと……分かってはいたけど、やっぱりちょっと恥ずかしい……」

美由紀もそう言って、チラリと春人のほうを見る。

二人とも、相当に抵抗感を抱いているらしい。

「あのネ、本番の衣装は、アタシが前に着たのとは違うけど、このウエアより露出が多いのヨ。今から恥ずかしがっていて、どうするの？」

呆れたように、ミライが言う。

「それは、そうなんですけど……」

「やっぱり、これを着るのは……」

と、美由紀と菜生子はなんとも気乗りしない表情を見せていた。

「まぁ、それなら今日は無理しなくてもいいわヨ。家で着てみるなりして、慣れてちょうだい。とりあえず、早く着替えてきて。早く、レッスンを始めましょう」

そう促されて、美由紀と智代と菜生子が奥に姿を消す。

その間に、春人は店内のテーブルと椅子をどかして、レッスンのスペースを作った。

そして、ジョイント式のクッションフロアマットを床に敷き、裸足でダンスができるようにする。

これが、最近の春人のルーティンである。ただ、今回は先に着替えたミライが手伝ってくれたこともあり、準備そのものは早めに進んだ。

(しかし、あの格好のミライさんが、こんな近くに……)

そう思うと、ついムラムラしてきて、彼女に手を出したくなる。何しろ、二度関係を持った相手なので、自然に生々しい衝動が湧き上がってしまうのである。

それでも春人は、どうにかこうにか欲望を抑え込んだ。

(美由紀先輩がすぐ近くにいるんだから、なんとか我慢しなきゃ)

そんなことを思っていると、まず美由紀が、続いて菜生子、そして最後に智代が奥の部屋から姿を見せた。

美由紀と菜生子は、いつものジャージ姿である。

だが、一歳下の先輩の姿を見たとき、春人は思わず目を開いていた。なんと、彼女はグリーンのレッスンウエアを着用していたのである。

レッスンウエアになると、智代のバストサイズが美由紀よりも控えめで、ウエストも含めて全体的にスレンダーなのがよく分かった。とはいえ、細めの体つきに魅力がないわけではなく、むしろエキゾチック美女とは異なる色気が感じられる。

「あら、智代はレッスンウエアを着たのネ?」

と、ミライが意外そうに言った。

「は、はい。恥ずかしいですけど、せっかくなので」

頬を紅潮させた智代が、手を身体の前でモジモジさせながら応じる。

(確かに、あの衣装を智代ちゃんが真っ先に着たのは、ちょっと予想外だったなぁ)

春人も、そんなことを思っていた。

何しろ町長の娘で、おまけにやや控えめな性格である。いくら自らプロジェクトに志願したとはいえ、こういう衣装を着用することを最も渋りそうなイメージがあった。

それだけに、彼女の行動は春人にとっても意外だったのである。

「はい。それじゃあ、準備運動をしたらレッスンを始めるわヨ」

そのミライの号令で、彼女たちは柔軟体操などをして、いつものようにベリーダンスの練習に取りかかった。

「ワン、ツー、ワン、ツー、腰の動きを、手拍子に合わせてリズミカルに」

エキゾチック美女のかけ声と手拍子で、美由紀と菜生子と智代がヒップドロップを行なう。

ところが、少しして春人は異変に気付いた。

(ん？　なんか、智代ちゃんの動きが変だな？)

ウエストが丸見えなこともあり、年下の先輩の動きはジャージのときよりも分かりやすい。ただ、その点を差し引いても、彼女の様子はいささかおかしく見えた。ヒップドロップの動きが妙にぎこちなく、手拍子にリズムが合っていないのはもちろんだが、頬を先ほどより赤くし、息を乱しているのである。

「ワン、ツー、ワン、ツー……智代、動きがズレているわヨ。ちゃんと、手拍子に合わせて」

ミライの注意に、智代が「は、はい」と応じてヒップドロップを続ける。しかし、やはり動きがなかなか合わない。

運動が苦手な菜生子ならともかく、年下の先輩がマスターしたはずのヒップドロップでここまで動きを乱すのは、なんとも奇妙に思える。

すると、とうとう智代が動きを止めてしまった。

「んはあっ。ふはあ……はぁ、はぁ……」

まだ始まって大した時間が経っていないというのに、顔全体を紅潮させて荒い息を吐く彼女の姿は、まるで何十分も練習していたかのようである。

「ストップ。智代、大丈夫？」

と、ミライが心配そうに声をかけた。

「あっ……は、はい。ふぅ、すみません。その、こう……いえ、まださすがに恥ずかしくて、なんだか上手く動けなくなっちゃって」

智代が、息を切らしながら言い訳めいたことを口にする。

「そう？　体調が悪いわけじゃないのネ？」

「は、はい。その、大丈夫ですから」

「だったら、今日はジャージに着替えたほうがいいかもネ。少しずつ、慣れていけばいいワ」

「そうします。それじゃあ、ちょっと失礼しまぁす」

ミライの言葉にそう応じて、智代はフラフラと奥へと向かった。

（智代ちゃん、大丈夫かな？　体調が悪いわけじゃないらしいけど、なんだか様子がおかしかったし……）

とは思ったものの、さすがに男の自分が着替えの様子を見に行くことはできまい。

（さて、それにしても美由紀先輩と菜生子さんは、いつレッスンウエアを着るんだろう？　まさか、ずっとジャージってわけにもいかないだろうし）

春人は、そんな疑問を抱かずにはいられなかった。

4

祝日の「昭和の日」も、美由紀たちは午後からベリーダンスのレッスンを行なっていた。春人も休日ではあるが、彼女たちに付き合ってリュヤーを訪れている。

とはいえ、現時点でのレッスン内容は、まだ基本的なヒップドロップ、ヒップサークル、シミー、スネークアームズをひたすら反復しているだけだった。もっとも、これらが綺麗にできなければ肝心のダンスもきちんと踊れないのだから、基礎をしっかり覚えさせようというミライのやり方は正しいのだが。

だが、単に見ている人間にとっては、いささか退屈ではある。

(それにしても、やっぱりレッスンウエアでも、結構色っぽいなぁ)

春人は、ついついそんなことを思って、エキゾチック美女と年下の先輩の姿に見入っていた。

智代は、初回こそ様子がおかしくなったものの、今はミライと共にレッスンウエアを着用してレッスンに励んでいる。しかし、いささか張り切りすぎているのか、ジャージの頃よりも息があがるのが早いのは、やや心配な点ではあった。

ちなみに、美由紀と菜生子は相変わらずジャージのままだった。曰《いわ》く、「身体のラインが出るレッスンウエアを着るのが、まだ恥ずかしい」とのことである。

早く美由紀のレッスンウエア姿を見たい、というのが春人の正直な思いなので残念だったが、無理強《むりじ》いさせるわけにもいかない。

そうこうしているうちに、夕方近くになり、レッスンの時間が終わった。

ゴールデンウィークとはいえ、役場は平日普通に開くので、明日は出勤しなくてはならない。そのため、美由紀と智代は一足先に着替えを終えて帰路に就いた。

二人が帰ったのを尻目に、春人はフロアマットを片付けて、掃除をしてからテーブルなどを並べ直した。

今日は祝日で、しかもリュヤーの定休日の水曜日なので、このあと店を開くわけではない。しかし、ミライの負担を少しでも軽くするために、自分にできることを可能な限りやりたい、と春人は考えていた。

そうして一通りの作業が終わったとき、ジャージから私服に着替えた菜生子が姿を見せた。私服と言っても、やや厚手のコートを着ていて、その下は見えないのだが。

合積町のあたりは、数日前に桜が満開になったばかりなので、朝晩はまだ意外に冷える。そのため、さすがにダウンは着ないものの、男女を問わず多くの人がコートやジャケットなどを着用していた。したがって、彼女の格好も特におかしいことはない。

「あの……春人くん、このあと時間はあるかしら？」

と、菜生子が怖ず怖ずと切り出した。

「はい？　大丈夫ですけど？」

「えっと、少し相談したいことがあって……ウチに来てくれない？」

どうやら、ミライがいるリュヤーでは話しづらい内容のようである。

（菜生子さんの家って、確かウチからもそんなに遠くないはずだし、ちょっと寄り道するくらいなら大丈夫かな？）

そう気軽に考えて、春人は「いいですよ」と応じた。

ましてや、バツイチのミライと違って彼女には夫がいるのだから、変な期待を抱くこともない。

そうして、春人は菜生子と共に桜木邸へと向かったのだった。

桜木邸は庭付きの一軒家で、駐車スペースが車二台分ある。だが、今は一台しか停まっていない。また、外から見た限り玄関の外灯以外の明かりが点灯しておらず、人がいる気配がまったくなかった。

「あの、旦那さんは？」

「明日の午前中から県庁で会議があるから、今日はホテルに泊まるって言っていたわ。車がないから、もう出かけたのね」

こちらの質問に、少し寂《さみ》しそうに菜生子が応じる。

合積町からF県の県庁所在地まで、乗用車で二時間ほどかかる。午前中からの会議となれば、彼女の夫が前泊を選ぶのも当然かもしれない。

（ヤバイ。てっきり、桜木係長がいると思って安心していたのに、まさか二人きりだなんて）

そう思うと、途端に胸が高鳴りだした。

別に、ミライのようなことを期待しているわけではない。それでも、妙齢の美女と二人きりになる以上、ドキドキしてしまうのは当然ではないだろうか？

とはいえ、今さら「やっぱり帰ります」とは言えず、春人は気後《きおく》れしながらも桜木邸に上がった。そして、案内されるままのリビングルームへと足を踏み入れる。

リビングの中央には、なかなか高級そうなソファセットが鎮座《ちんざ》していた。さらに、六十インチはありそうな大画面の液晶テレビや高級そうな家具や調度品が、壁に並んでいる。

桜木家は、江戸時代に農民の組頭を務めていた一族で、明治以降も地元の有力者の一人だったそうだ。自宅の敷地の広さもそうだが、地方公務員とは思えないほど裕福そうなのも、その名残なのだろう。

「えっと……それで、僕に相談ってことでしたけど、なんでしょう？」

ソファに座ると、居心地の悪さもあって春人は、すぐに用件を切り出した。

すると、コートを脱いでシンプルなシャツとスカート姿になった菜生子は、向かいのソファに腰をかけて、暗い表情で口を開いた。

「あ、うん……あの、わたし、もともと運動が苦手で、自分では頑張っているつもりなんだけど、美由紀さんや智代さんより覚えが悪いから、レッスンの足を引っ張っているんじゃないかって……」

（確かに菜生子さんは、ちょっと遅れ気味だよな）

ヒップドロップはもちろん、腰で円を描くヒップサークル、腰を細かく動かすシミーや腕をくねらせるスネークアームズも、美由紀と智代がある程度できるようになったのに対し、彼女だけはあまり上手にできずにいた。そのため、ここ二回ほどレッスンが停滞気味になっているのは、紛れもない事実である。

「お気持ちは分かりますけど、まだそんなに気にするほどの差はないと思いますよ」

「そうかしら？　わたし、ミライさんや皆さんに迷惑をかけているだけじゃない？」

春人の励ましにも、菜生子は暗い顔で応じた。どうやら、すっかり自信を喪失しているらしい。

（マズイな。もしも菜生子さんに抜けられたら、ミライさんを含めてダンサーが三人になっちゃうぞ。それに、健康体操ってアピールをするなら、菜生子さんにはいてもらったほうがいいだろうし）

ミライは別として、あとのダンサーが二十代前半で独身の二人では、「若いからできる」と思われてしまう可能性がある。ましてや、双方とも町役場勤務なので、「役場の関係者が勝手にやっている」と町民から醒めた目で見られるかもしれない。

その意味では、三十歳の菜生子が参加していて「三十路《みそじ》の専業主婦もベリーダンスをやっている」というのは、プロジェクトの広がりにおいて重要なポイントになるはずだ。

もちろん、実際にやってみたら合わなかった、ということであれば、無理に続けさせても仕方がないので諦めるしかあるまい。

だが、巨乳人妻はレッスンの遅れを自分のせいだ、と気に病んでいるだけなのである。であれば、彼女にはこのままベリーダンスを継続してもらいたいところだ。

「まだ、やり始めて一ヶ月も経っていないんだし、今の段階で結論を急ぐことはないんじゃないですか？　練習次第で、充分に追いつけると思いますよ？」

「そうかしら？　夏祭りまで、そんなに時間があるわけじゃないし、レッスンできる時間を考えたら……」

「美由紀先輩と智代ちゃんは、役場の仕事が終わったあととか二人で自主練をしているんですよ。菜生子さん、自宅で自主練は？」

「あっ、その、あまりやっていないわ……そう、あの二人は自主練を……」

「だから、今の時点の遅れは、まだ充分に取り戻せますって。一人だと、チェックしてくれる相手がいなくて大変かもしれないですけど、菜生子さんも、もうちょっと頑張ってやっていきましょう」

「でも、やっぱりわたしじゃ、いくらやっても足を引っ張るだけになる気が……」

こちらの励ましにも拘わらず、菜生子はなおも自信なさげに言った。

「う～ん、菜生子さんは、もっと自信を持ったほうがいいんじゃないですか？　素人《しろうと》の僕が見た限りですけど、ダンスのときも思い切りが足りていない気がします」

春人は、そう率直な感想を口にしていた。

「それは……春人くん、わたしがベリーダンスをやることにした理由を覚えているかしら？」

と、巨乳人妻がややためらってから訊いてくる。

「はい。旦那さんに、『痩せろ』って言われたって」

「ええ。最近、わたしが太ってきたことに、夫はとても不満を……というか、嫌悪感すら持っているようで……最近は、夜のほうもちっともしてくれなくなって……」

なんとも寂しそうに、菜生子がそこで言葉を切った。

どうやら、彼女の夫はふくよかな女性が好みではないらしい。そのため、セックスレスになったようである。

おかげで、もともとやや控えめな性格の菜生子は、自分に対する自信をすっかり失ったらしい。おそらく、夫にセックスを拒否されているせいで、「女性」まで否定されたような気持ちになっているのだろう。

直接見知っているわけではないが、彼女よりも十二歳年上の夫は、他人にも自分にも厳しい生真面目な性格だそうだ。そういう人間であるが故に、妻の体型が少しでも自分の好みから外れているのが、許せなくなっているのかもしれない。

「菜生子さん、充分に綺麗なのに」

春人は、半ば無意識に人妻の印象をそう呟いていた。

実際、彼女のウエスト周りがいささかむっちりとしているのは否《いな》めないが、そのぶんバストも大きめなので、別に太っているようには見えない。それに、顔も多少は肉付きがいいものの、美貌を損なうほどではなかった。

少なくとも、三十歳の専業主婦でこれだけの美貌と体型を保っている妻に文句を言うのは、いささか贅沢が過ぎる気がした。おそらく、菜生子の夫は自分がどれほど恵まれているかの自覚がないのだろう。

そのとき、春人は菜生子が顔を真っ赤にして息を呑んでいることに気付いた。

そこでようやく、自分が何を言ったのかに思いが至る。

「あっ、その、今のは……」

慌てて言い繕《つくろ》おうとしたものの、すぐには言葉が出てこなかった。

ミライとの経験で、多少は女性に慣れたような気はしていたが、こういう咄嗟《とっさ》のときには頭がパニック状態になってしまう。

すると、菜生子のほうが先に口を開いた。

「春人くん？　わたしが綺麗って、本当に思っている？」

「えっと、その……はい」

彼女の質問に少しためらってから、春人はそう首を縦に振った。

少なくとも、ここで本音を隠して否定するのは、この人妻を傷つけることにしかならない、という判断くらいはできる。

こちらの反応を受けて、菜生子が躊躇する素振りを見せ、それから意を決したように口を開いた。

「あ、あの、春人くん？　わたしと、セックスして……欲しいの」

「はぁ？　菜生子さん、自分が何を言っているのか分かっていますか？」

さすがに、春人は素っ頓狂な声をあげていた。

離婚しているミライと違って、彼女は三年前に結婚した、現在進行形の既婚者である。人妻に手を出したら、正真正銘の不倫になってしまう。もしもバレたら、この町にすらいられなくなるだろう。もちろん、それは菜生子にしても同様である。

「わ、分かっているわ。でも、今のままじゃ、わたしは自分に自信が持てないの」

消え入りそうな声で、彼女がそう言った。

「いや、だけど……」

「春人くん、ちゃんと自分の言葉に責任を持って欲しいわ。それとも、『綺麗』って言ったのはやっぱりお世辞？　わたしみたいに太った女となんて、セックスしたいって思わない？」

春人の言葉を遮るように、菜生子が畳みかけてくる。

巨乳人妻の思い詰めたような発言に、こちらも返す言葉がなかった。

実際、少しむっちり気味とはいえ、彼女のことをなかなか魅力的だとは思っていたのだ。そんな相手からこのように言われて、強く拒めるはずがあるまい。

(「綺麗」って言ったのは本心なんだし、誘ったのに断わられたら、きっと菜生子さんはもっと傷つくだろう)

そう考えると、選択肢が一つしか思いつかなかった。

いや、それでも童貞の頃なら、この状況から逃れることしか考えられなかったかもしれない。だが、ミライとのセックス経験がある今は、「菜生子の望みを叶《かな》える」という選択に踏み切ることもできる。

春人が「分かりました」と応じると、彼女が頬を赤らめながら立ち上がって、こちらにやって来た。そして、ソファに腰かけたままの春人にまたがって、顔を近づけてくる。

それから、菜生子は少しためらいがちに唇を重ねてきた。

「んっ。ちゅっ、ちゅっ、ちゅぱ……」

積極的だったミライとは異なる遠慮がちな、どこか後ろめたさが混じったその行為に、春人は新鮮な興奮を覚えずにはいられなかった。

5

「ああーっ！　それっ、気持ちいいぃぃぃ！」

桜木邸のリビングルームに、菜生子の甲高い喘ぎ声が響く。

今、春人は膝の上に座った人妻のシャツとブラジャーをたくし上げ、露わにした両乳房をじかに揉みしだいていた。

（ミライさんより大きいからか、オッパイの手触りがちょっと柔らかめかな？）

そうは思ったが、絶品の触り心地なのは間違いない。

春人は、欲望のままふくらみの先端で存在感を増した突起を指で摘《つ》まんだ。

「はああっ！　ひゃんっ、そこぉぉ！」

菜生子が、おとがいを反らして悲鳴のような声を張りあげる。

しかし、春人は構わずに乳首をクリクリと弄り回した。

「ひゃふっ、あっ、やっ、それっ！　ひうっ、ビリビリってっ、きゃふうんっ！　あっ、はあっ……！」

指の動きに合わせて、ふくよかな体型の人妻が喘ぎ声をこぼす。

それがなんとも耳に心地よく、また興奮を煽《あお》ってやまない。

春人は、片手を乳首から離すと、彼女の下半身に指を這わせた。そして、スカートをたくし上げて下着越しに秘裂に触れる。

その瞬間、菜生子が「はああんっ！」と甘い声をあげた。

触ってみると、既に彼女のそこが湿っているのが、はっきりと感じられる。

「はああ、こんなことされるの久しぶりだから、わたしもう濡れちゃってぇ……恥ずかしいわぁ」

「あっ、その……僕は、嬉しいです」

巨乳人妻のとろけそうな言葉に、春人は手を止めてフォローにもならないことを口にしていた。

もっとも、これは偽らざる気持ちだったが。

自分の愛撫で女性が、特に性経験のある人妻が股間を濡らしてくれている。その事実は、男としての自信になる気がしてならないのだ。

「んっ、そう？　あの、春人くん？　もうこの際だから、全部脱いじゃいたいんだけど、いいかしら？」

と、菜生子が切り出す。

「は、はい。分かりました」

春人が、そう応じて手を離すと、彼女が膝の上から降りて立った。そして、たくし上げられたシャツを脱ぎ、ブラジャーも外して上半身を露わにする。

「春人くんも、脱いだほうがいいんじゃない？　着たままだと、ズボンとか汚しちゃうかもしれないでしょう？」

脱衣に見入っていた春人は、その菜生子の言葉で我に返った。

「あっ。た、確かに、そうですね」

実際、服を着たまま事に及んだ場合、特にズボンの股間が汚れる可能性が非常に高い。一人暮らしなら、帰宅するまでの道のりだけを気にしていればいいが、今は実家暮らしなので洗濯は母親任せである。股間の汚れなど見られたら、いったい何を言われるか分かったものではない。

春人は慌てて立ち上がり、いそいそと服とズボンを脱ぎ捨てて裸になった。

その間に、菜生子もスカートとショーツを脱いで、生まれたままの姿になっていた。

全裸だと、彼女の体型がミライよりもむっちりしているのがよく分かる。しかし、バストも大きいため、ウエストの太さはそこまで気になるものではない。

そのとき、春人は人妻の視線に気付いた。彼女の目は、こちらの股間にそそり立つ一物にすっかり釘付けだったのである。

「ああ、夫のより大きくて、すごくたくましい……」

陰茎を見つめたまま、菜生子が独りごちるように言う。

「あの、菜生子さん？」

と声をかけると、彼女がようやく我に返ったように春人の顔を見た。

「あっ、ごめんなさい。とっても立派なオチ×チンだったから……。ねぇ？　フェラをしたほうがいい……かしら？」

菜生子が、遠慮がちに訊いてくる。

「えっと……じゃあ、お願いします」

春人は、気恥ずかしさを感じながらも、首を縦に振ってそう応じていた。

正直、こちらは既にいつ暴発してもおかしくないくらい昂っている。このままでは、挿入した途端に達してしまうかもしれない。

すると、巨乳人妻が春人の前に跪《ひざまず》いた。

「わたしなんかを愛撫していて、オチ×チンがこんなになったのね？　嬉しいわ」

そう言って、彼女は竿を優しく握り、ゆっくりと顔を近づける。

「んっ。レロ、レロ……」

菜生子は、ためらう素振りはまったく見せずに、しかしやや遠慮がちに、亀頭に舌を這わせてきた。

「くっ、それ……」

先端から快感がもたらされて、春人は思わず声を漏らしてしまう。

「レロロ……チロ、チロ……んろ、んろ……」

彼女は、ひとしきり先端部を舐め回してから、舌をゆっくりと動かしつつ、カリ、そして竿をネットリと舐め上げてきた。

(うおっ。こ、これは……ミライさんのフェラとは違うけど、すごく気持ちいい！)

春人は、ついそんなことを思っていた。

少し遠慮がちな彼女のフェラチオは、情熱的だったミライの行為とは異なる快感がもたらされる。もっとも、それは優劣をつけられるようなものではないのだが。

「レロロ……ぷはっ。春人くん？　ミライさんにも、こういうことはしてもらったのかしら？」

突然、菜生子からそう問いかけられて、春人は「へっ？」と間の抜けた声をあげていた。同時に、心臓が喉から飛び出しそうなくらい大きく跳ねる。

「な、なんでミライさんとのことを？」

「あっ、やっぱり、そういう関係になっていたのね？　最近の春人くんの様子を見ていて、なんとなくそんな気はしていたの」

と、彼女が打ち明ける。

自分としては誤魔化しきっているつもりだったが、人生経験で勝《まさ》る人妻の目を欺《あざむ》くことはできていなかったらしい。

「ふふっ。誰にも言うつもりはないから、安心してね。それに、わたしもこんなことをしているんだから、もう共犯者みたいなものだし」

不安が顔に出てしまったらしく、こちらが口を開く前に菜生子が穏やかな笑みを浮かべながら先に言った。

（ふぅ。ビックリしたけど、菜生子さんに話す気がないんだったら、とりあえずは一安心かな？）

そうは思ったものの、いささか情けなさも感じずにはいられない。

すると、菜生子がややばつの悪そうな表情になった。

「ごめんなさいね、変なことを言って。今は、わたしのことだけ考えて」

と言うと、彼女は「あーん」と口を大きく開けた。そして、ゆっくりとペニスを口に含んでいく。

一物が温かな口内に包まれる感触は、ミライのときにも感じているが、こうされると背筋がゾクゾクするような心地よさがもたらされる。

ところが、肉棒を半分ほど呑み込んだところで、菜生子が苦しそうな表情を浮かべて動きをピタリと止めてしまった。どうやら、ここが今の彼女の限界らしい。

「んん……んっ、んぐ、んぐ……」

菜生子は呼吸を整えると、浅いストロークを開始した。ただし、その動きは確認するような感じで、やや遅めである。

「くっ。それ、いいですっ」

小刻みな動きながらも鮮烈な快感がもたらされて、春人はそう口走っていた。

もちろん、ペニスをしっかり呑み込めたミライほどではないが、ふくよかな肉体の現役人妻が奉仕してくれているという事実だけでも、充分な興奮材料になっている。

すると、菜生子が一物を口から出した。

「ぷはあっ。はぁ、はぁ……やっぱり、このオチ×チン大きい。お口に入りきらないから、咥えているだけでも大変だわぁ」

そんなことを言いながらも、彼女は特に嫌そうな表情をしていない。むしろ、いっそう興奮しているらしく、その目は熱に浮かされたように潤んでいる。

「けど、このままじゃ、お口が疲れちゃう……そうだわ。ねえ？　オッパイで、してあげましょうか？」

と、巨乳人妻が遠慮がちに訊いてくる。

彼女の言葉が何を意味しているかは、経験がない春人にもすぐに理解できた。

(ぱ、パイズリ……)

それは、アダルト動画などで目にしていた憧れの行為である。まさか、この人妻が自ら口にしてくれるとは、まったく思いもよらないことだった。

「ごくっ。お、お願いします」

春人が生唾を飲み込みながら応じると、菜生子は小さく頷いてバストを一物に近づけてきた。

春人の分身が谷間に入ると、彼女が手で乳房を寄せて肉棒をスッポリと挟み込む。

それだけで、肉茎から得も言われぬ心地よさがもたらされた。

(ふわあっ！　これが、オッパイにチ×ポを挟まれる感触か！)

春人は、内心で感嘆の声をあげていた。

バストに肉棒を包まれる感覚は、膣はもちろん手や口でされるのとも異なる、今までに味わったことのないものである。

「じゃあ、動かすわね？　んっ、んっ……」

と、菜生子が手でふくらみをグニグニと上下に動かしだす。

すると、乳房の内側で竿が擦られて、性電気が発生した。また、フェラチオでまぶされた唾液《だえき》と谷間の汗が潤滑油《じゅんかつゆ》になっているため、動きもスムーズである。

「ふおっ！　こ、これっ……くあぁっ！」

あまりの心地よさに、春人はおとがいを反らして甲高い声をこぼしていた。

こうされるのを想像したことはあったが、実際のパイズリでもたらされる快感と興奮は、予想を遥かに上回っている。

「んっ、はっ、こうしてもっ、んあっ、先っぽが出てぇ……んふっ、これならっ、んはっ、どうかしらぁ？」

そう言うと、菜生子は膝のクッションを使って動きをより大きくした。

「はううっ！　それはっ……ほああっ！」

いっそう強まった快感に、自分でも情けなくなるような喘ぎ声がこぼれ出る。

「んっ、んっ、はあっ、すごぉい。んはっ、オチ×チンっ、ふはっ、こんなに近くまでぇ。レロ……」

と、巨乳人妻が身体を動かしながら、先端に舌を這わせてきた。

「はああっ！　そんなこと……ああっ、ヤバイです！」

射精感を堪えられなくなってきて、春人は切羽詰まった声をあげていた。

パイズリだけでも充分すぎたというのに、パイズリフェラまでされては我慢などできるはずがあるまい。

「んはっ、いいわよっ。んんっ、このままっ、チロロッ、出してぇ！　レロ、んんっ、ピチャ……」

と、菜生子が胸に添えた手にいちだんと力を込めつつ、パイズリフェラを続ける。

いつもは控えめな人妻の、意外とも言える淫らな言動に、春人の興奮がよりいっそう強まる。

「ああっ、本当にっ、もう……出る！」

そう口走ると、春人は彼女の顔面めがけてスペルマを発射していた。

「はああっ！　熱いのっ、いっぱい出たぁぁぁ！」

菜生子が、悦びの声をあげて精を顔面で受け止める。

なんとも嬉しそうに白濁のシャワーを浴びる巨乳人妻の姿に、春人はいっそうの興奮を覚えずにはいられなかった。

6

顔に付着した精液を一通り処理すると、菜生子がソファの座面に手をついてヒップを向けてきた。その股間は、すっかり濡れそぼっており、太股にまで蜜が垂れている。

「春人くぅん。わたし、もう我慢できないのぉ。そのたくましいオチ×チン、早く挿《い》れてぇ」

と、彼女が腰を妖しくくねらせながらおねだりしてくる。

だが、ここまではギリギリで許容範囲だとしても、結合してしまったら本当に後戻りできなくなる。そう思うと、さすがに最後の一線を越すことには、まだ躊躇を覚えざるを得ない。

「んもう。このまま放置されたら、わたし変になっちゃうぅ。お願いだから、最後までちゃんとしてぇ」

巨乳人妻が、なんとも切なそうに訴えてきた。

(ううっ。そんなことを言われたら、断れるはずないじゃん)

それに、一発出したとはいえ、春人の興奮もまったく収まっていなかった。このまま帰宅しても、悶々とした状態が続いて苦しむだけだろう。

（ええい！　バレなかったら、きっとなんとかなる！　もう、どうにでもなれ！）

開き直った春人は、「分かりました」と応じて菜生子の腰を摑んで一物を秘裂にあてがった。

それだけで、彼女が「ああ……」と切なそうな吐息をこぼす。

春人は大きく息を吐くと、思い切って秘裂に分身を挿入した。

「んはあああっ！　入ってきたぁぁ！　ああっ、これっ……はあああああんっ!!」

挿入の途中で、菜生子が背を反らして甲高い声を張りあげた。そして、一物が奥まで入り切ると虚脱して、ソファの座面にグッタリと突っ伏す。

「あの、もしかしてイッちゃいました？」

春人がそう訊くと、彼女は目を開けてとろけた顔を向けてきた。

「んはああ……はぁ、はぁ……ええ……久しぶりだしぃ、春人くんのオチ×チン、すごく大きいからぁ……イクの、ちっとも我慢できなかったのぉ」

その答えは、こちらを満足させるものだと言ってよかった。おそらく、女性にこのように言われて嬉しくない男など、存在しないのではないだろうか？

「じゃあ、このまま続けていいですか？」

「ええ。してぇ。わたしを、もっといっぱい感じさせてぇ」

春人の問いかけに、巨乳人妻が甘い声で答える。

それを受けて、春人は彼女の腰を摑んで抽送を始めた。

「あっ、あんっ、あんっ、これっ、はあっ、やっぱりっ、ああっ、すごいぃぃ！　ふあっ、子宮までっ、あんっ、来てるぅぅ！　はあっ、ああっ……！」

たちまち、菜生子が甲高い悦びの声をあげだす。

（くうっ。菜生子さんの中、ミライさんとはなんだか違う感じがするぞ）

ピストン運動をしながら、春人はそんなことを思っていた。

ミライの膣肉は、ペニス全体に絡みついてくるようだったが、この巨乳人妻の中はそういう感覚が弱めである。しかし、そのぶん膣口の締まりがよく、抽送でもたらされる快感が強化されている印象が強い。

もちろん、どちらも気持ちいいので、甲乙はつけ難《がた》いのだが。

「はあっ、すごいのぉ！　ああっ、わたしっ、あんっ、まだこんなにっ、はあっ、気持ちよくぅぅ！　ああっ、すごっ、ひゃうんっ、またっ、あんっ、すぐにっ、ふああっ、イッちゃうぅぅ！　あっ、あっ……！」

菜生子が、そんなことを口にした。

おそらく、夫から否定されたも同然の「女」を、今は強く感じているのだろう。その抑圧《よくあつ》されていた思いが解放されたことで、全身がいっそう敏感になっているのに違いあるまい。

「ああっ、春人くんっ、はあっ、ゴメンねぇ！　あんっ、わたしぃ！　はあっ、また先にイッちゃうぅぅ！　はああぁぁぁぁぁぁぁぁん!!」

と、巨乳人妻が絶叫しながら身体を強張らせた。

「いいですよ、菜生子さん。何度でも、好きなだけイッてください！」

そう言うと、春人は彼女の胸を鷲掴みにして、さらに抽送を続けた。

「ひゃうんっ！　イッたばっかりっ、ああっ、なのにぃ！　はあっ、オッパイっ、んはあっ、よすぎぃ！　きゃうっ、こんなっ、はあっ、よくなったのっ、ああんっ、初めてぇ！　あっ、ああっ……！」

菜生子が、胸と膣からの刺激に歓喜の声を張りあげる。

「はあっ、あんっ、またっ、ああっ、イクッ！　ふあっ、わたしっ、あんっ、イッちゃうのぉ！　ひゃうっ、今度はっ、はああっ、すごいのっ、ああっ、来るぅ！　はあっ、あああっ……！」

乳房を揉みながら抽送を続けていると、巨乳人妻がそんな切羽詰まった声をあげた。

どうやら、大きなエクスタシーを迎えそうになっているらしい。

「くっ。僕もそろそろ……」

春人のほうも、射精感を覚えてそう口にしていた。

いささか早い気はしたが、彼女の膣がもたらす快楽をいなすことなど、今はまだ不可能だった。

「ああっ、中にぃ！　んはあっ、このままっ、はうっ、熱い精液っ、ああっ、中にっ、はあっ、いっぱい注ぎ込んでぇ！」

と、菜生子が切羽詰まった声で訴えてくる。

中出しに不安がないと言ったら嘘になるが、ここまでしている以上、彼女の希望を叶えない選択肢など、今さら取りようがあるまい。

「じゃあ、このままっ」

と、春人は開き直って腰の動きを速めた。

「あっ、あっ、すごっ……ひゃうっ、あんっ、イクッ！　わたしっ、ああっ、イクぅうううううううううう!!」

遂に、菜生子が身体を強張らせて大きな絶頂の声を張りあげた。

同時に膣口が激しく収縮して、一物に鮮烈な刺激をもたらす。

それがとどめになり、春人は「くうっ」と呻くなり彼女の中に出来たてのスペルマを注ぎ込んでいた。

7

ゴールデンウィーク五連休の初日の土曜日も、春人は昼過ぎからリュヤーで美由紀たちのベリーダンスのレッスンに付き合っていた。

町役場も土日祝日が休みなので、美由紀と智代は「この連休がレッスンを進めるチャンス」と口にしていた。もちろん、専業主婦の菜生子も考えは同じだろう。

また、ミライも「振り付けの内容は、五連休でどれだけできるようになるか次第ネ」と言っていた。

とはいえ、連休でもリュヤーは通常スケジュールで営業するため、土曜日はどうしてもレッスンに割ける時間が限られるのだが。

そんな中、美由紀と智代と菜生子が、ミライの指導でシミーやヒップドロップの練習をしていた。

ただ、美由紀はともかく、「女」の自信を取り戻したはずの巨乳人妻が、まだジャージ姿なことに、春人は疑問を抱いていた。もっとも、他の女性がいる前で理由を問いただしたら藪蛇になりそうなので、さすがに聞くことはできなかったが。

「はい、いったんストップ。菜生子の動き、前回までよりすごくよくなったわヨ」

「あ、ありがとうございます。春人くんから、美由紀ちゃんと智代ちゃんがレッスンのない日も自主練習をしている、と聞いたので、わたしも木曜日と金曜日に鏡を見ながら家で練習してみたんです」

ミライの褒《ほ》め言葉に、少し恥ずかしそうに菜生子が応じた。

実際、春人から見ても彼女の動きは、前回までよりも見違えるほどよくなっていた。

「本当に、思い切りが出て動きが大きくなったから、随分と見栄えするようになってきたワ。何かあったのかしらネェ？」

と、ミライがチラリとこちらに目を向ける。

その突き刺さるような視線に、春人の心臓がドキンと大きな音を立てた。

(うっ。もしかしてミライさん、俺と菜生子さんがエッチしたことに勘付いているのかな？)

彼女は、水曜日に春人と菜生子が一緒に帰ったことを知っている。そして今日、控えめな教え子の動きがよくなったのだ。何があったかを察するのは、そう難しくもないのかもしれない。

「あとは、レッスンウエアを着る度胸がつけばネェ。智代を見習って、二人にもいい加減に覚悟を決めて欲しいんだけど」

ミライが、肩をすくめながら言った。

「うう……わたしは、もうちょっと時間が欲しいなぁ」

と言いながら、美由紀が春人を一瞬だけ見て、視線をそらす。

「あの、わたしも、もう少しだけ……」

俯《うつむ》きながらそう口にした菜生子も、目だけこちらに向けてくる。

その視線が意味するものは、いったいなんなのだろうか？

「まったく、レッスンウエア程度で恥ずかしがっていたら、本番の衣装なんて着られないわヨ？　早く慣れてちょうだいネ」

呆れた様子でミライが言って、それからレッスンが再開された。

とはいえ、十七時から店の営業が始まるので、ミライの休憩時間も考慮して十五時半に練習は終わり、ということになっている。

レッスン終了後、女性陣が着替えている間に春人はフロアマットをしまい、片付けていたテーブルと椅子を並べ直した。そうして、床の掃除をしていると、私服に着替え終えたミライたちが姿を見せる。

ここまでの流れは、最近すっかりルーティン化した感がある。

ただ、今日は智代が夕方から、町長絡みのパーティーの会場に直接向かうため、迎えの車が来ていた。美由紀も、会場へ行く道の途中に家があるので送ってもらうことになり、二人は一足先に帰路に就《つ》いた。

「さて、それじゃあ僕も帰るんで。菜生子さん、また明日……」

「あの……春人くん？　少し自主練習をしたいんだけど、これからウチに来てくれないかしら？」

リュヤーを出ると、春人の挨拶を遮るように巨乳人妻が切り出した。

（こ、これって、またエッチのお誘いか？）

ついつい、三日前の出来事が脳裏に甦って、心臓が大きく高鳴る。

また誘惑に負けてしまったら拙《まず》いか、とも思ったが、今日は連休の初日である。前回のように、菜生子の夫が出張でいないとは考えにくい。

春人はそう判断して、「いいですよ」と応じ、彼女と共に再び桜木邸を訪れることにした。

だが、またしても菜生子の夫は不在だった。

「仙台で大学の同窓会があるから、今日は夫がいないの」

驚く春人に、頬を赤らめながら菜生子が打ち明ける。

そのような理由で不在だとは、いささか予想外だった。しかし、ここまで来てしまったら覚悟を決めるしかない。

巨乳人妻は、春人をリビングに案内すると、「着替えるから、ちょっと待っていて」と言って隣室に姿を消した。そちらは、おそらく客間だろう。

着替えの間、一人で待つのはリュヤーでも経験している。だが、テーブルの片付けなどやることが特にない状況だと、なかなかに居心地が悪い。

どうにも落ち着かない時間を過ごしていると、間もなく隣室とリビングを隔てる襖が開き、「お待たせ」と菜生子が姿を見せた。

ただ、巨乳人妻の格好に、春人は目を丸くして息を呑んでいた。彼女は練習着のジャージではなく、過日受け取ったブルーのレッスンウエアを着用していたのである。

セパレートの格好になったことで、その若干ふくよかなウエスト周りがしっかりと露わになっている。また、菜生子はバストが大きめなので、レッスンウエアを着るとそのサイズ感がいっそう分かった。既に生で裸を見ているとはいえ、この格好は裸体とは違った魅力が感じられる気がする。

「ど、どうかしら？　やっぱり、変じゃない？」

なんとも恥ずかしそうに、巨乳人妻が訊いてくる。

「いえ、ちっとも……その、とても似合っていると思います」

「そう。よかった。この格好は、春人くんに一番に見てもらいたかったから」

照れくさそうな彼女の言葉と表情に、春人の心臓は大きく高鳴った。意識してのセリフではあるまいが、実に男心を絶妙に突く発言と言える。

とはいえ、さすがに菜生子のほうも今のセリフは恥ずかしかったのだろう。

「あっ、その……じゃあ、ここで練習をするから、おかしいところとかあったら言ってね？」

誤魔化すようにそう言うと、彼女は両手をゆったりと伸ばして基本姿勢を取った。

そうして、ヒップドロップを始める。

「どうかしら？　ちゃんと、リュヤーでの練習どおりにできている？」

腰を動かしながら、少し不安そうに菜生子が言う。

だが、春人はまともに答えられなかった。

集団でのベリーダンスのレッスンを見ることには、いい加減に慣れたつもりだった。

しかし、目の前で一人だけがヒップドロップをする姿は、想像以上に扇情的に思えてならない。ましてや、リュヤーではなく菜生子の家で、しかも彼女が初めてレッスンウエアを着用してやっているのだ。

そんな光景を間近で見ていると、つい股間のモノが硬くなってしまう。

「春人くん、どう？」

と声をかけられて、春人はようやく我に返った。

「あっ、あの、ちゃんとできていると思います」

「そう。じゃあ、次はヒップサークルね。わたし、これが特に苦手で」

と、菜生子は姿勢を変えて、腰を床と水平に回転させ始める。

実際、運動が不得手だという彼女はレッスンのときも、このヒップサークルと腰を小刻みに動かすシミーに苦戦していた。

今も、あくまでも正面から見た印象だが、綺麗な円を描く動きではなく卵形のように乱れていた。また、腰の動き自体にぎこちなさも感じられる。

ただ、レッスンウエア姿でヒップサークルをする巨乳人妻の姿は、それだけでジャージと違った色気が漂ってくる気がしてならない。

「どう……かしら？」

動きを止めた菜生子が、不安そうに訊いてくる。

「あっ……えっと、その……あくまでも素人目ですけど、なんだか練習のときより動きが鈍くなっていませんか？」

春人は、どうにか平静を装いながら、そう応じていた。

「そう？　やっぱり、この格好は恥ずかしいから、どうしても緊張しちゃうのかも？」

と、巨乳人妻が頬を赤らめながら言う。

「でも、ミライさんも言っていましたけど、本番の衣装はもっと露出が高いんですから、早く慣れないと」

「わ、分かっているわ」

春人の言葉に、菜生子が少し狼狽《うろた》えた様子で答え、それから少したためらう素振りを見せて、改めて口を開いた。

「あの……春人くん、もっと近くで見ていてくれる？　見られることに、早く慣れたいのよ」

彼女の提案に、春人の心臓が大きく飛び跳ねる。

だが、レッスンの一環となれば断るわけにもいくまい。

「ごくっ。わ、分かりました」

と、春人は生唾を飲み込みながら、人妻にぶつからない程度の距離まで思い切って近づいた。

「じゃあ……もう一回するわね」

と言って、菜生子がヒップサークルを再開する。

(これだけ近くで見ると、やっぱり腰の動きとかすごくエロいなぁ)

春人は、彼女の艶めかしさに目を奪われていた。

ましてや、この巨乳人妻とはほんの数日前にセックスをした仲である。まさにここで、今はスカートに隠れているところに己《おのれ》の分身を挿入し、激しく突いて喘がせ、何度も絶頂させたのだ。

近くで見ていると、つい色々なことを考えて、いちだんと気持ちがムラムラしてきてしまう。

(うう、我慢だ。これは、練習を見ているだけ。エロいことなんて、何もない)

懸命にそう割り切ろうとしたものの、まだ女性経験が浅いこともあって、どうしても気持ちが切り替わってくれない。

「あっ、春人くん？」

という声で、春人はようやく我に返って自分の体勢に気付いた。

いつの間にか、我知らず身を乗り出し、彼女にいっそう顔を近づけていたのである。

このままではぶつかってしまう、と判断して巨乳人妻は動きを止めたらしい。

「す、すみません。すごく色っぽかったから、つい……」

「もう……でも、ありがとう。わたしのことを、『女』として見てくれて」

なんとも照れくさそうに、彼女がそう応じる。

そこで言葉が途切れてしまい、二人の間にいささか気まずい沈黙が流れる。

それを先に破ったのは、菜生子のほうだった。

「ねえ、春人くん？　その……また、わたしとエッチしたい？」

「えっ？　い、いいんですか？」

期待はしつつも諦めていたことを口にされて、春人はついそう聞き返した。

「ええ。えっと……あのね、実はわたし、水曜日からずっと春人くんのことばかり考えていたの。だって、あんなに気持ちいいセックス、初めてだったから……」

ためらいがちに言って、巨乳人妻が潤んだ目をこちらに向けてくる。

もしかしたら、彼女は自宅に春人を呼んだときからその気だったのではないだろうか？　だから、興奮を煽るためにわざわざレッスンウエア姿を見せつけた、という可能性は高い。

そうと分かると、既に一度関係を持っていることもあって、今度は抑制が利かなくなってしまう。

「ううっ、菜生子さん！」

と、春人は巨乳人妻の身体を力一杯抱きしめた。

菜生子は、「あっ」と声を漏らしたものの、特に抵抗は見せず、身を任せてくる。

そのふくよかな肉体の感触を堪能しつつ、春人は自分の中の欲望がとめどなく溢れてくるのを感じていた。

8

「チュバ、チュバ……レロロ……」

「ああっ！　オッパイっ、はうっ、気持ちいいぃぃ！」

春人が、乳首を舐めながら片方の乳房を揉みしだくと、愛撫に合わせて床に寝そべった菜生子が甘く甲高い悦びの声をあげる。

今、彼女はレッスンウエアのトップスをたくし上げて、豊満な胸を露わにしていた。

そのバストにしゃぶりついていると、こちらも自然に興奮を煽られる。

春人は、いったん愛撫をやめて身体を起こした。

すると、菜生子が「あっ」と残念そうな声を漏らす。

しかし春人は、その反応を無視して彼女の下半身に顔を近づけた。そして、スカートをたくし上げてインナーを露出させる。

既に、彼女のそこには筋に沿ってシミができていた。下着からインナーまで愛液が染み出しているということは、奥はかなり濡れているに違いあるまい。

春人は、インナーとショーツをかき分けて秘部を露わにした。

「えっ？　ちょっと、春人くん？　わたし、シャワーも浴びていなくて……」

こちらが何をする気か悟った巨乳人妻が、戸惑いの声をあげる。

リュヤーでのレッスンで汗をかいたままなことを、相当に気にしているらしい。

春人が構わず顔を近づけると、確かに少し強めの牝の匂いが鼻をついた。だが、それがかえって牡の本能を刺激してやまない。

「洗っていなくても、関係ないですよ。レロ……」

「そんっ……はああっ！　舌ぁぁ！」

秘裂に舌を這わせるなり、菜生子がおとがいを反らして悲鳴に近い声をあげた。

反応を見る限り、彼女は充分に感じているらしい。

そこで春人は、割れ目に沿って舌を動かし始めた。

「ピチャ、ピチャ……レロ、レロ……」

「あっ、やっ、舌っ、はあっ、動いてぇ！　んはっ、それっ、あんっ、そこぉ！　はうっ、あああっ……！」

舌の動きに合わせて、巨乳人妻が甲高い声で喘ぐ。

その声が、春人にはなんとも耳に心地よく思える。

いつしか、秘裂からは新たな蜜が溢れ出し、唾液と混じってヒップに垂れてスカートにシミを作っていた。シンプルなレッスンウエアのスカートだからまだいいが、もしも本番用の衣装がこんなことになったら、きっと洗うのが大変だっただろう。

「はああっ、もう我慢できないぃぃ！　春人くんっ、あんっ、またちょうだぁい！　んはあっ、あなたの大きなオチ×チンっ、はううっ、早くわたしにぃ！」

菜生子が、喘ぎながらそんなことを口走る。

そこで春人は、いったん舌を離して顔を上げた。

「あの、このまま挿《い》れたら、すぐ出ちゃいそうなんですけど？」

「いいのぉ。何回でも中に出していいからぁ、早くオチ×チンをちょうだぁい」

こちらの不安に対して、巨乳人妻がなんとも切なそうに応じる。

どうやら、彼女も本当に欲望を我慢できなくなっているらしい。

そこで春人はレッスンウエアのスカートを取り去り、さらにインナーとショーツも脱がし、菜生子の下半身を露わにした。そして脚の間に入ると、秘部に分身をあてがう。

「ああ、当たってるぅ。早く、ねぇ、早くぅ」

と、彼女が甘い声で挿入をねだってきた。

普段はお淑《しと》やかな巨乳人妻が、ここまで淫らになっているギャップが、牡の本能をひどく刺激する。

その昂りのまま、春人はペニスを陰唇に押し込んだ。

「はあぁぁぁん！　入ってきたぁぁぁぁ！」

菜生子が悦びの声を張りあげながら、肉棒を迎え入れる。

そうして、奥まで挿入すると、春人はすぐに彼女の腰を持ち上げて抽送を開始した。

「はあっ、ああっ、あんっ、いいっ！　あんっ、春人くんのっ、あんっ、オチ×チンっ、はあぁっ、とってもいいのぉ！　あんっ、はううんっ……！」

たちまち、巨乳人妻が歓喜の声をあげだす。

（くうっ。やっぱり、オマ×コがすごく締まって……）

分身からもたらされた心地よさに、春人は内心で呻いていた。

彼女の膣口の締まりがいいのは前回で知っていたが、一発も抜いていない状態でこの快感を味わうと、予想以上に鮮烈な刺激に思えてならない。

「ああっ、オチ×チンっ、あんっ、もうピクピクぅ！　はあっ、すごいのぉ！　あんっ、あんっ……！」

「ううっ。すみません、菜生子さん。気持ちよすぎて、すぐに出ちゃいそうです」

たちまち射精感が込み上げてきて、春人はそう訴えていた。

我ながらあまりにも早い気はしたが、それだけ彼女のヴァギナが気持ちいいということである。

「はあっ、いいのぉ！　あんっ、このままっ、ふああっ、また中にぃ！　あんっ、中にいっぱいっ、はあんっ、出してぇ！　ああっ、はああっ……！」

と言って、菜生子が足を腰に絡ませてきた。

正直、春人のほうにはまだためらいがあったものの、この行動で巨乳人妻が本気であることは否応なく伝わってくる。

（ええい！　こうなったら、こっちも開き直るしかない！）

春人は、そう考えて腰の動きを速めた。

そうすると、いっそうペニスが膣の締めつけで刺激される。

おかげで、すぐに限界に達してしまい、春人は「くうっ」と呻くなり動きを止め、スペルマを子宮に注ぎ込んだ。

「はあっ、中に出てぇぇ！　んはあああぁぁぁぁ!!」

と、菜生子も絶頂の声をリビングに響かせながら、身体を強張らせた。

そして、射精が終わるのに合わせて彼女の身体から力が抜けていく。

「んはぁあ……熱いのが、中にいっぱぁい。わたしも、イッちゃったわぁ」

陶酔した表情で、巨乳人妻がそんなことを口にする。

おそらく、彼女は今、「女の悦び」を強く感じているのだろう。

腰を引いて一物を抜くと、かき出された白濁液が床にこぼれ落ちる。

だが、春人のペニスは一発出した程度では硬度を失っていなかった。むしろ、あれだけ射精しても、まだ物足りなさを感じている。

とはいえ、こちらからすぐに二度目を求めるのは、さすがに少々気が引ける。

そんなためらいを抱いていると、菜生子のほうが先に口を開いた。

「春人くん、まだ大丈夫そうね？　だったら、今度はわたしが……その、上になってもいいかしら？」

普段はお淑やかな彼女の意外なリクエストに困惑しつつ、春人は「は、はい」と応じて床に寝そべった。

　すると、巨乳人妻がやや緊張した面持《おもも》ちでまたがってきた。そして、一物を握って秘部と位置を合わせる。

「……実はね、わたし、この体位って初めてなの。だから、さすがに緊張するわ」

「えっ？　そうなんですか？」

　彼女の告白に、春人は驚きの声をあげていた。

「ええ。わたし、少し引っ込み思案で、三年前にお見合いで結婚するまでエッチの経験がなくて……だけど、夫は亭主関白で、いつも自分が主導権を持っていないと気が済まない人なの。もちろん、エッチで夫がリードしてくれるのはありがたいんだけど、やっぱりたまには自分が思うように動いてみたい、と考えることもあるのよね」

　なるほど、おそらく菜生子の夫は女性上位の体位で、しかも十二歳下の妻に主導権を握られることを快く思っていないのだろう。

　しかし、彼女も今どきの女性なので、セックスに関する知識は結婚前から持ち合わせていたか、結婚後に自習くらいしたはずである。その中で騎乗位への好奇心を抱いた、というのは大いに納得がいく話だ。

「そういうことなら、菜生子さんがしたいようにしていいですよ」

「んっ。ありがとう」

春人の言葉に笑みを浮かべて応じると、巨乳人妻はゆっくり腰を沈み込ませてきた。

「んあああっ！　入ってくるぅぅ！　ふああっ、大きなオチ×チンっ、自分で挿《い》れちゃってるのぉぉぉぉ！」

歓喜の声をあげながら、彼女はさらに腰を沈めていく。

そして、とうとう最後まで下ろしきった。

「んはあああ……すごぉい。奥の奥まで、オチ×チンが届いてるぅぅ」

今にもとろけそうな恍惚《こうこつ》とした表情を浮かべながら、菜生子がそんなことを口走る。

「菜生子さんの中も、すごくいいです」

と、春人も感想を口にしていた。

実際、巨乳人妻の秘部は膣口が強く締まって、他はそこそこという感じなのだが、騎乗位だとまるで底のないところに挿入したような錯覚をもたらしてくれる。この感覚は、ミライとしたときにはなかったものである。

もっとも、どちらも気持ちいいことに変わりはないので、優劣などつけられるはずもないのだが。

「じゃあ、動くわね？　んっ、んっ……」

菜生子はそうして、腰をくねらせ始めた。

（くっ、気持ちよくて……あれ？　これって、ヒップサークルの動き？）

陰茎からもたらされる快感に呻きつつ、春人はそのことに気がついた。

もちろん、ペニスを挿入しているので、彼女の腰使いは正しい動きとは言い難いし、実際より動き自体も小さい。しかし、軌道はまさにヒップサークルそのものと言っていいだろう。

「はあっ、あんっ、オチ×チンっ、んはあっ、中でっ、はあっ、グリグリってぇ！　はううっ、擦れてぇ！　あんっ、はうっ、いいっ！　あんっ、あんっ、あんっ……！」

巨乳人妻は、悦びの声をあげながら腰を動かし続けた。

「くうっ。菜生子さん、上手ですっ。すごく気持ちいいです」

「はああっ、そう？　じゃあ、今度はぁ……はっ、あっ……！」

と、彼女が上下動を始める。

「ああんっ！　これっ、あんっ、奥っ、はんっ、突き上げられてぇ！　はううっ、すごっ……ひゃうんっ、いいのぉ！　ああっ、ああんっ……！」

菜生子の喘ぎ声が、いちだんと甲高くなる。

（うおっ。この動きだと、チ×ポがすごくしごかれて……）

もたらされた快感に、春人は心の中で呻くしかなかった。

やはり膣口に締めつけがあるぶん、竿をしごく力も強く感じられる。それが、なんともいえない心地よさを生じさせているのだろう。

しかも、上下動に時折、水平回転が加わることで、ますます刺激が強まるのだ。

その快楽に、春人はたちまちドップリと浸っていた。

「はあっ、あんっ、あんっ……！」

菜生子のほうも、すっかり夢中になって腰を動かし続けている。すると、大きな乳房がタプタプと音を立てて揺れる。

その動きを見ていると、こちらも衝動を抑えられなくなってしまう。

「オッパイ、揉んでもいいですか？」

「揉んでぇ！　あんっ、オッパイもっ、はううっ、気持ちよくしてぇ！」

菜生子の了解を得て、春人は乳房を鷲摑みにした。そして、加減を考えずに本能のままグニグニと揉みしだきだす。

「はぁんっ、それぇ！　あんっ、乱暴にっ、ああっ、いいっ！　あんっ、オッパイっ、はうんっ、オマ×コっ、きゃふうっ、すごくいいのぉ！　あんっ、あんっ……！」

菜生子が、腰を振りながら歓喜の声をあげる。

(ああ……これ、最高かも)

春人も、この行為にすっかり夢中になっていた。

ミライと騎乗位をしたときは道端で、しかも車内だったため、背徳的な興奮はあったものの、行為そのものを堪能はできなかった。しかし、今は屋内なので、ペニスからの快感と手の平から伝わってくる心地よさを、思う存分味わっていられる。

そのことが、牡の本能を強く刺激している気がしてならない。

「あんっ、春人くんっ、ふああっ、わたしっ、あんっ、もうイキそう! はあっ、すごいのっ、んはあっ、来ちゃいそうよぉ!」

腰を動かしながら、巨乳人妻が切羽詰まった声で訴えてきた。

おそらく、先ほど軽く達したことで、肉体が敏感になっていたのだろう。

「僕ももうちょっとだから、動きますよ?」

春人は、そう声をかけると、突き上げるように腰を動かし始めた。

実際、ついさっき射精したばかりだと言うのに、既に二度目の射精感が込み上げてきている。もはや、彼女に行為を任せてジッとしているのも限界だった。

もちろん、硬い床なので動きにくかった。が、菜生子の動きに合わせれば、どうにか上下動はできる。

「ああーっ！　春人くんまで、あんっ、動かれたらぁ！　ああっ、わたしっ、あんっ、もうイクっ！　ああんっ、イクっ！　イッちゃうのぉぉ！　はあああぁぁぁぁぁぁぁん!!」

菜生子が天を仰ぎ、絶頂の声をリビングに響かせた。

その瞬間、膣口が収縮して一物に甘美な刺激をもたらす。

「ううっ、出る！」

春人もそう口走るなり、動きを止めて彼女の中に出来たての精を吐き出した。

「はあああ……また中にぃぃ……お腹いっぱぁぁい……」

身体を震わせてそんなことを言ってから、巨乳人妻の身体から一気に力が抜ける。

春人が胸から手を離すと、菜生子はグッタリと倒れ込んできた。

「はぁ、はぁ、春人くぅん……」

「菜生子さん……」

名前を呼びながら、春人は彼女の背中に手を回し、繋《つな》がったまま射精の余韻に浸っていた。

第三章　くねる露出媚肉

1

連休の三日目も、美由紀たちは昼過ぎからリュヤーでベリーダンスの練習に取り組んでいた。

「はい、ヒップサークル。そう、その調子。菜生子、すごくよくなった。ああ、逆に美由紀は動きがぎこちなくなってるわヨ」

と、ミライが注意を与える。

「ごめんなさい。やっぱり、恥ずかしくて」

レッスンウエア姿の美由紀が、動きを止めてそう応じてから頭を下げた。それから、春人のほうにチラリと目を向けて、赤らんだ顔を俯《うつむ》かせる。

菜生子が、昨日からレッスンウエアを着るようになったため、美由紀も「わたしだけジャージっていうのも」と、渋々な様子ながらも今日からウエアを着用しだしたのだった。だが、どうしても羞恥心が先に立ってしまうらしく、ジャージのときより明らかに動きが鈍っている。

一方の菜生子は、すっかり開き直ったようで、ミライの言葉どおり動きがダイナミックになっていた。リズム感は、まだイマイチなのは否めないものの、それはこれから調整していけば問題あるまい。

（それにしても、全員がレッスンウエアになると、さすがに壮観というか、居心地がますます悪くなるというか……）

椅子に座ってレッスン風景を眺めていた春人は、改めてそんなことを思わずにはいられなかった。

もちろん、全員の露出が増えて体つきがはっきり分かるようになったのは、大きな要因である。

ただ、ミライと菜生子と関係を持ったことにより、美由紀や智代の動きにもつい欲情を覚えてしまうことが、居心地の悪さを増幅しているのも間違いなかった。

しかし、彼女たちが真剣にベリーダンスに取り組んでいるのに、自分が邪なことを考えているというのは、なんとも失礼な気がしてならない。

(そうだ。いやらしいことなんてない。ベリーダンスは健康体操……)

と、心の中で懸命に言い聞かせて、春人はなんとか気持ちを鎮めた。

「さて、そろそろいったん休憩しましょうネ」

間もなく、ミライがそう号令をかけた。

すると、場の空気が明らかに和《やわ》らぐ。

「皆さん、お疲れ様です。お茶とお菓子を、すぐに用意するんで」

春人はそう言って立ち上がり、いそいそと厨房へ向かった。

ところが、そこにミライと菜生子が近づいてきた。

レッスンウエア姿で汗をかき、上気した顔の二人はなんとも色っぽく、接近されると色香で勃起してしまいそうになる。

「春人ォ？　そんなに気を使わなくてもいいのヨォ？」

「春人くん、わたしがお手伝いしてあげるわね」

ミライと菜生子が、口々に言う。

「えっ？　あ、あの……」

「あら、菜生子？　ココの店主は、アタシなんだけど？」

「春人くんが、お茶を淹《い》れてくれると言っているんだから、その厚意は尊重するべきだと思います。わたし、お手伝いしますから」

困惑する春人を尻目に、二人の美女が睨み合った。

いつもは控えめな巨乳人妻が、このように食い下がるのは珍しい光景と言える。

「春人は、アタシが正しいと思わない？」

「春人くん、わたしよね？」

と言って、二人が身体を押しつけんばかりに接近してくる。

「あ、あの……えっと、その……」

春人は困惑し、思考が混乱して言葉を発することもできなかった。

肉体関係を持った年上の美女たちが、まさか自分を挟んでこのような言い争いを始めるとは、まったく予想外だった。

ましてや、これだけ近づかれると、体温が感じられるだけでなく、女性の匂いまで漂ってくる。おかげで、せっかくどうにか収まった一物が、自然に体積を増しそうになってしまう。

「もうっ。ミライさんも菜生子さんも、春人くんをからかわないでくださいっ！　春人くんも、鼻の下を伸ばしていたらダメでしょっ!?」

いきなり、美由紀が苛立った様子で叫んだ。

あまりにも突然のことに、彼女の隣にいた智代が目を丸くしたほどである。

「あらあら、怒られちゃったわネ」

「そうですね。わたしも、ちょっと熱くなっちゃいました。じゃあ、春人くんがお茶の用意をしてくれる？」

と肩をすくめながら言って、ミライと菜生子がようやく春人から離れる。

「あ、はい。すぐに用意します」

そう応じて厨房に入りつつ、

（ふう、助かった。けど、今の美由紀先輩の態度は、いったい？）

と、春人は内心で首を傾げていた。

2

「だ〜！　定時じゃ、絶対に終わらない！」

金曜日の十六時過ぎ、春人は頭を抱えていた。

ベリーダンスを目玉として入れるため、今は八月の夏祭りのプランを全体的に見直す作業の真っ最中である。

だが、何しろ春人は入職してまだ一ヶ月ほどしか経っていないド新人だ。

しかも、町おこしプロジェクトの実質的な責任者なのに、その仕事だけに専念していればいいというものではない。特に、町づくり課は意外と雑務が多い割に人手が足りていないため、若くて体力がある男は何かにつけて便利に使われるのだ。

おかげで、プラン作成に使用されているアプリケーションの操作に馴染む時間が充分に取れず、想像以上の苦戦を強いられていた。

美由紀や智代に手伝ってもらえば、もう少し楽だったかもしれない。だが、二人は正式に町づくり課に配属されたわけではないため、作業量が減ったとはいえ自分の所属部署の仕事もやらなくてはならなかった。

したがって、夏祭りのプランの見直し作業については、せめて原型だけは春人が一人でやるしかないのである。

しかし、週明け月曜日に提出しなくてはならない他の書類の作成は、もはや定時で作業を終えて帰るのは不可能な状況だ。

結局、春人は課長に申し出て残業することにした。

役場から自宅まで徒歩で十分ほどなので、帰宅は親に一報を入れておけば何時になっても問題はない。また、明日もベリーダンスのレッスンに付き合う予定はあるが、春人自身が踊るわけでもないので、多少寝不足でも大丈夫だろう。

やがて定時になると、町づくり課のフロアに美由紀と智代が揃って顔を見せた。

「あら、春人くん？　まだ帰らないの？」

「あ、はい。月曜日に出さなきゃいけない書類があって、今日中に片付けたいんです。なので、残業をすることにして」

「そうなんだ。ん〜、手伝ってあげたいけど、今日は高校時代のクラスメイトと久しぶりに会う約束があるから……」

と、美由紀がためらう素振りを見せる。春人が残業するのに、自分は友人と会いに行くのを、心苦しく思っているようだ。

「美由紀先輩、僕のほうは大丈夫なんで、気にしないでください。せっかくなんだし、友達の人と積もる話をしてきていいですよ」

「でも……」

「あの、だったらわたしが残って、友坂さんを手伝います」

それまで黙っていた智代が、そう切り出した。

「えっ？　でも、悪いよ。だいたい、町長……お父さんが、許さないんじゃない？」

「あ、いえ、大丈夫です。両親は、県の市町村会議に出席していて、今日は家にいないもので……そ、それに、わたしたちのために友坂さんのお仕事が遅れているんですから、あの、少しでもお力になりたいんです」

こちらの懸念に対し、年下の先輩が頰を上気させながら応じる。その真剣な目つきからして、どうやらすんなり引き下がるつもりはないらしい。

「分かったよ。じゃあ、細かな手伝いを頼むかもしれないから、よろしく」

彼女に気圧《けお》されるような形で、春人はそう答えるしかなかった。

そうして、美由紀がなんとも複雑そうな表情を浮かべながら出て行き、他の職員たちも帰って、フロアにいるのは春人と智代だけになった。

とはいえ、年下の愛らしい美女と二人きりのシチュエーションに胸を高鳴らせる余裕など、今はまったくない。

春人は、書類作成の続きに取りかかり、智代には主に必要な資料探しやコピー、またプリントアウトした原稿を取りに行ってもらったりした。まさに雑務だが、こちらが自分で席を立って動く時間のロスがないぶん、作業に集中できるのはありがたい。

彼女のほうも、後輩の春人の指示に従ってテキパキと働いてくれた。

おかげで作業が思っていたよりもはかどり、二十時前にはある程度の形ができた。

この調子なら、あと一時間くらいで完成するだろう。

ところが、終わりの目処《めど》が立った途端、春人は集中力がプッツリ切れるのを感じた。

「はぁ。さすがに、そろそろ一休みしないと無理か。智代ちゃん、休憩しよう」

「あっ、は、はい。それじゃあ、お茶を用意しますね」

なんとも落ち着かない様子で、智代が立ち上がってそそくさと給湯室に向かう。

その様子を眺めていた春人は、ふと彼女の頬がほのかに紅潮していたことに気がついた。

(そういえば、もう役場には誰もいないから二人きりなんだよな。もしかして、智代ちゃんもそのことを意識している？)

他の人がいない役場内で、年頃の男女が二人きりなのだ。たとえ恋愛感情がなくても、ドキドキしてしまうのは当然ではないだろうか？

ましてや、智代は髪がショートで年齢よりやや幼く見える容姿だが、充分に美人と言っていい。町長の娘という立場と、少し引っ込み思案気味な性格さえなければ、相当にモテるのは間違いあるまい。

もちろん、美由紀や菜生子やミライがいるときは、それほど意識したことはなかった。だが、こうして二人きりになると、さすがに胸の高鳴りを覚えずにはいられない。

「あ、あの、友坂さん？　茶葉が切れているんですけど？」

少しして、智代のそんな声が聞こえてきた。

「えっ？　ああ、新しいのが、確か流しの下の棚に入っているはずだよ」

「流しの下ですか？　えっと……どこかしら？」

と言う、彼女の戸惑った声がする。

どうやら、自分がいつもいるフロアとは異なる給湯室なため、どこに何があるか把《は》握《あく》できずにいるようである。

（あれ、茶葉があるのって下だっけ？　っていうか、もしかしてストック自体がないのかも？）

普段、お茶を自分で淹れるときは出ている茶葉を使っているので、春人もストックの収納場所についてはいささか自信がなかった。もしかしたら、違う場所に保管されているのかもしれない。

そんな不安を感じた春人は、席を立って給湯室に向かった。

が、そこに入った途端、目を丸くして立ち尽くしてしまう。

流しの下の棚を探るため、智代が四つん這いになっているのは仕方があるまい。

また、棚に顔を突っ込んでいる格好でスカートがめくれあがっているのも、年下の先輩がそのことに気付いていない様子なのも、本来であれば目の保養になるラッキースケベ程度のハプニングで済んだはずだ。彼女が下着を穿《は》いていれば、の話だが。

何しろ今は、智代の小振りながらも丸みのあるヒップだけでなく、女性の最も恥ずかしい部分まで丸見えになっているのだ。

その光景に驚くな、と言うほうが無理だろう。

ミライと菜生子の秘裂も目にしているが、一歳下の先輩のそこは二人と比べてしっかり閉じているように見えた。おそらく、というか間違いなく男性経験はあるまい。

「と、智代ちゃん？　あの、見えて……」

春人がどうにか声をかけると、智代が「えっ？」こちらに目を向けた。

そして、ようやく春人が見ていることに気付いたらしく、彼女は息を呑んでたちまち目を大きく見開いた。それから、慌てて棚から顔を出し、スカートを引き下げて下半身を隠す。

智代は耳まで真っ赤になって、その場に正座して俯いてしまった。

そうしてしばらくの間、なんとも気まずい沈黙が二人の間に流れる。

「ええと……その、ゴメン。見るつもりは……あのさ、パンツは？」

戸惑いながらも、春人はどうにか先に質問をしていた。

既に、ミライと菜生子との経験があったおかげで、動揺したものの智代よりも早く立ち直ることができた、と言っていいだろう。二人との経験がなかったら、おそらくパニックを起こしてこの場から逃げだしていたに違いあるまい。

「あ、あの……実はわたし、ストレスが溜まったときにパンツを脱いでお仕事をしているんです。そうして、『ノーパンのことを誰かに気付かれるんじゃないか』と思いながら過ごすと、なんだかすごく興奮して、その、自分の部屋で、一人でするときも気持ちよくなれて……」

と、年下の先輩が消え入りそうな声で打ち明ける。

なるほど、彼女は職場で昂ったまま帰宅し、自慰で快感を得ていたらしい。

「ってことは、さっきから落ち着かない様子だったのも、もしかしてずっとパンツを穿いていなかったせい？」

春人の問いに、智代がコクリと首を縦に振る。

どうやら、男と二人きりなのを意識していたのではなく、ノーパンで異性の側にいることに興奮を覚えていたから、というのが真相だったらしい。

「ええと、そうなると、ひょっとしてさっきの格好も？」

「ご、ごめんなさい。その、わざとスカートをたくし上げていました。友坂さんに見られるかもしれない、と思ったらすごく興奮できて……でも、あの、あんなに剝き出しになっちゃうなんて思わなかったので……」

なんとも恥ずかしそうに、智代が告白する。

（うーん。露出狂……とまでは言わないけど、それに近い性癖があるのかな？）

この予想は、当たらずといえども遠からずだろう。

ただ、自ら他人に性器を見せつけるほどは歪《ゆが》んでいないため、見つかるか見つからないかという瀬戸際のスリルに興奮を覚えていたようである。ところが、今回はそれに失敗してしまった、ということらしい。

（それにしても、控えめで年齢より幼い感じがする智代ちゃんに、まさかこんな倒錯した性癖があるなんて……）

おそらく、町長の娘という立場やそれに伴《ともな》う周囲の視線などのストレスが、歪んだ性質を生みだしてしまったのだろう。

「あっ、じゃあ、もしかしてレッスンウエアが届いたとき最初に着たのも、興奮したかったから？」

「は、はい……最初は、あの格好でものすごく興奮しちゃって……だけど、最近は慣れてきてちょっと刺激が足りなくなったから、今日もこうやって……」

そこで春人は、初めてレッスンウエアを着たとき、彼女の様子がおかしくなったことを思い出した。

なるほど、あのときは露出が多い衣装で春人などの視線を受けて、性癖が強く刺激されたらしい。しかし、何度も着用しているうちにすっかり慣れてしまい、フラストレーションが溜まったようである。

春人が呆然としていると、智代が少しためらってから意を決したように口を開いた。

「あ、あの……友坂さん、わたしとエッチしてください！」

あまりにも唐突な言葉に、春人は「はいっ？」と素っ頓狂な声をあげていた。

「あの、その、今日のこと……というか、この秘密を絶対に守ってもらうには、これくらいしないとダメかな、って……」

どうやら彼女は、口止め料代わりに自分の身体を差し出そうと考えたらしい。

「ええと、そんなことしなくても、誰にも話したりしないよ。あのさ、もっと自分を大事にしたほうが……」

陳腐な言い方とは思ったが、春人はそう口にせずにはいられなかった。

「でも、わたしだけあそこを見られちゃったのは、なんとなく不公平な気がしますし、その、二人で同じ秘密を持てば、安心できるから……それとも、やっぱりわたしは魅力ないですか？　友坂さん、わたしなんかとはエッチしたいって思わないですか？」

智代が、目を潤ませながら食い下がってくる。

そんな彼女の言動に、さすがに春人も言葉がなかった。

実年齢より幼く見えるし、先に関係を持っている美女二人と比べればスレンダーではあるが、彼女も充分に魅力的なのは間違いない。正直、美由紀のことさえなかったら、据え膳食わぬは男の恥とばかりに、すぐ首を縦に振っていただろう。

しかし、憧れの先輩と親しい同僚と関係を持つのは、さすがにためらいを覚えずにはいられなかった。

(だけど、俺が拒んだら智代ちゃんはどうするんだろう?)

もし、春人と気まずくなって彼女が「ベリーダンスを辞める」と言いだしたら、大変なことになるのは間違いない。ミライも、四人で踊るのを前提にダンスの振り付けを考えているらしいので、ここで一人減ったら頭を抱えるはずだ。

何より、美由紀が可愛い後輩の離脱を悲しむだろう。

そのようなことを考えると、取るべき道はおのずと限られてくる。

「……分かったよ。智代ちゃんが、それで安心だって言うんなら」

春人の言葉に、年下の先輩が小さく息を呑む。

もしかしたら、了承してもらえるとは思っていなかったのかもしれない。

とはいえ、実のところ春人自身も、内心では緊張を覚えていた。

ミライにせよ菜生子にせよ、女性のほうにリードしてもらった側面が強い。そのため、自分が初めて主導権を握ることに、どうしてもいささかの不安と気後れを抱かずにはいられないのだ。

(だけど、こうなったら思い切ってやるしかない!)

春人は覚悟を決めると、年下の先輩との距離を縮めた。

「あ、あの、わたし、何もかも初めてなので……優しく、お願いします」

智代が緊張した面持ちでそう言って、それから目を閉じる。

春人は、そんな彼女の肩に手を置くと、ソッと唇を重ねた。

3

「ちゅっ……ぷはっ。じゃあ、前をはだけてくれる?」

ひとしきりキスをして唇を離すと、春人はそう指示を出した。

「えっ? じ、自分でやるんですか?」

と、智代が目を丸くする。

「うん。智代ちゃんは、そのほうが興奮するんじゃない？」

こちらの指摘に、年下の先輩が恥ずかしそうに俯いた。

このようなことを言える心の余裕があるのは、やはりミライと菜生子と経験したおかげだろう。

「……わ、分かりました」

しばらくためらってから、智代はそう応じて、怖ず怖ずとスーツのボタンを外した。

それから、さらにブラウスのボタンに手をかける。

ただ、それだけで彼女は頬をいっそう紅潮させ、呼吸を荒くさせていた。

「ああ、見られてるぅ……んはあ、友坂さんに見られているのに、わたし、ブラウスを脱ごうとぉ……はしたないのに、すごくドキドキしちゃうのぉ……」

独りごちるように言いつつ、一歳下の先輩はいよいよ上からボタンを外しだした。

第三ボタンが外れたところで、純白のレースのブラジャーが姿を見せる。

彼女が、さらにボタンを外していき、とうとう前がはだけてカップに包まれたふくらみが露わになった。

「あ、あの、全部脱いだほうが？」

と、智代が首を傾げて訊いてくる。

「智代ちゃんは、どうしたい？」

「えっ？　あ、その……それじゃあ……えっと、このままで」

春人の逆質問に、年下の先輩は困惑した様子を見せながらそう応じた。どうやら、彼女は着衣での行為が望みらしい。

「分かったよ。じゃあ、ブラジャーのホックも自分で外して」

と命じると、彼女は「は、はい……」と応じて、少しためらいがちに手を後ろに回し、ホックを外した。すると、ブラジャーのカップが緩む。

その間に、春人は近くにあったタオルを床に敷いた。

「智代ちゃん、ここに頭を置いて、寝そべってくれる？」

「あっ……わ、分かりました……」

智代が指示に従い、身体を仰向けに横たえる。

春人は彼女にまたがり、ブラジャーをたくし上げた。

すると、ミライや菜生子と比べて小振りな乳房が露わになった。もっとも、「小振り」と言ってもちゃんと出るべきところは出ており、仰向けになっても「ふくらみ」と呼べる存在感はある。これを小さく感じるのは、智代のサイズの問題ではなく、比較対象が悪すぎるせいだろう。

また、その頂点にあるピンク色の突起は、既に屹立《きつりつ》していた。それだけ、彼女も興奮していたようである。

「じゃあ、触るよ？」

と、声をかけて胸に触れると、智代が「あんっ」と小さな声をこぼす。

(智代ちゃんは初めてらしいから、力を入れすぎないように……)

そう考えながら、春人は優しく乳房を揉みしだきだした。

「んっ、あっ、それぇ……あんっ……」

手の動きに合わせて、年下の先輩が少し困惑混じりの甘い声を漏らす。

もっとも、他人に愛撫されるのが初めてでは、戸惑うのも仕方があるまい。

春人は、彼女の反応を見ながら力加減を調整しつつ、さらに愛撫を続けた。

「ふあっ、んんっ、それぇ……あんっ、いいっ！　ふはあっ、ああっ……！」

少しして、智代の声から困惑の色が消えていった。どうやら、充分な快感を得られるようになったらしい。

そこで春人は、手の力をこれまでよりやや強めた。

「んはああっ！　あんっ、それっ、はううっ、感じちゃいますぅ！　ああっ、はううんっ……！」

年下の先輩の声も、こちらの力加減に合わせるように大きくなる。

（それにしても、ミライさんに教えてもらっていてよかった）

春人は愛撫を続けながら、そんなことをしみじみと思っていた。

もしもこれが初体験だったら、智代の様子を観察する余裕などなく、力任せに乳房を揉みしだいて感触を貪《むさぼ》っていただろう。その場合、下手《へた》をしたらセックスへの嫌悪感や男性への恐怖心を植えつけていたかもしれない。

しかし、今は興奮しながらも彼女の反応を見ながら、力具合をコントロールできている。これは、回数こそ少ないものの経験の賜物《たまもの》、と言えるのではないだろうか？

「ふあっ、ああっ、友坂さぁん、もっとぉ。はああんっ……」

智代の切なそうな甘い声で、春人は我に返った。物思いに耽って、つい力が弱まっていたらしい。

そこで春人は、指の力をより強め、揉む速度も少し速めてみた。

「ひゃううんっ、あんっ、それぇ！　んはあっ、おっ、大声っ、はああっ、出ちゃうぅ！　んんんっ、んむうう……！」

と、智代が自分の手の甲を口に当てて声を抑えようとする。

これだけ静まりかえっている以上、万が一にも他の階に人がいた場合、声が聞こえてしまうかもしれない。

役場内での性行為など、誰がしても間違いなく大問題になる。そして、娘がそんなふしだらなことをしていたとなれば、問題に直接の関係はなくてもコネで彼女を入職させた町長が、道義的な責任を問われる可能性はある。

自身の性欲のために父親の立場を危うくするのは、智代としても望んではいないのだろう。

ただ、懸命に声を我慢する彼女の姿を見ていると、つい悪戯《いたずら》心が湧いてくる。

春人は、智代の胸の頂点でより存在感を増してきた突起を摘まんだ。

途端に年下の先輩が目を見開き、おとがいを反らしながら、「んんーっ！」とくぐもった声をあげる。

春人は構わずに、ダイヤルを回す要領で乳頭をクリクリと弄りだした。

「んんっ！　んあっ、んくうっ！　やっ、ああっ、それぇぇ！　んんんっ……！」

智代は、どうにか声を堪えようとしているようだった。しかし、乳首からの快感が強すぎて我慢できず、甲高い喘ぎ声がこぼれ出てしまう。

ただ、彼女の体温が先ほどまでより上がって、顔だけでなく全身が紅潮しだしたところから見て、相当に興奮しているのはこちらにも伝わってくる。

(なんだか、楽しくなってきたぞ。俺って、意外とこういう趣味があったのか？)

春人は、愛撫しながらそんなことを考えていた。

ミライとカーセックスをした際も、誰に見られるか分からないスリルで妙な興奮を覚えた。今も、職場での行為という背徳感とスリルが、自身の興奮に繋がっている気がしてならない。

それに何より、年上の二人のときと違い、自分が初めて完全に女性をリードしていることが、昂りを増幅させているように思える。

湧き上がる欲望に任せて、春人は乳首からいったん手を離し、智代のスカートをたくし上げた。すると、蜜をしたためた秘裂が露わになる。

「智代ちゃんのオマ×コ、もうかなり濡れているね？」

「ああ、恥ずかしい……見ないでくださぁい」

こちらの指摘に対し、彼女が弱々しく応じて顔を背《そむ》けた。

だが、割れ目からは新たな蜜が溢れ出してくる。露出癖の性質が、秘部の状態の指摘を受けたことで刺激されているのだろう。

「見なくていいの？　本当は、もっと見て欲しいんじゃないの？　見るだけじゃなくて、弄って欲しいんじゃない？」

「そ、それはぁ……」

春人の言葉に、一歳下の先輩が言いよどんだ。さすがに、素直に認めるのが恥ずかしいらしい。

しかし、彼女は太股を擦《す》り合わせ、落ち着かない素振りを見せていた。やはり、言葉責めで興奮を覚えているようである。

そこで春人は、秘裂に指を這わせると、筋をなぞるように動かした。

「はあ！　そこっ、んんっ、んはあっ、こっ、声っ、んくっ、んんんっ……！」

智代が、慌てた様子で再び自分の口を塞《ふさ》いで声を堪える。

(おおっ。もう、かなり濡れているな)

実際に触れて、予想以上に潤っていることに、春人は内心で驚きの声をあげていた。

羞恥心や背徳感が、彼女の興奮に繋がっていたのは間違いあるまい。それに加えて、声を我慢するという行為が、肉体をより敏感にしている可能性はある。

「んああっ、もうっ、ふああっ、とっ、友坂さんっ！　もうっ、あんっ、くっ、くださいぃぃ！　はああっ……！」

手で口を押さえたまま、智代がそんなことを口にする。

彼女が何を求めているかは、いちいち考えるまでもない。

そこで、春人はいったん愛撫の手を止めた。

「あのさ……今さらだけど、本当に最後までしていいの？」

「はい。して……ください。友坂さん……春人さんに、わたしの初めて、差しあげますぅ」

陶酔した表情ながらも、年下の先輩がはっきりと応じる。

（くうっ。こんなこと言われたら、もう覚悟を決めるしかないじゃん！）

正直、まだためらいはあったが、ここでやめたら逆に智代を傷つけることになりかねない。

そう考えた春人は、ズボンとパンツを脱いで、下半身を露わにした。

「きゃっ。そ、それが勃起オチ×チン……」

大きくなった肉棒を見た智代が、息を呑んでそんなことを口にし、身体を強張らせた。本物のペニスを目の当たりにしたことでさすがに怖じ気づいたのだろうか？

「やっぱり、やめておく？」

春人が訊くと、彼女はそれでも小さく首を横に振った。

だが、身体から力が抜ける気配はなく、緊張がほぐれる様子もまったくない。

（こんなに力が入っていたら、脚を広げるだけでも大変そうだし、挿《い》れるのも大変そうだな。どうしよう？）

そう考えたとき、春人は一つの方法を思いついた。

「智代ちゃん、四つん這いになってくれる？」

「え？　あ、は、はい……」

こちらの指示に、年下の先輩が面食らった様子ながらも、素直に従ってくれる。

そうして、彼女がヒップをこちらに向けたところで、春人は彼女のスカートをたくし上げてウエストにまとめた。それから、腰を摑んで一物をあてがう。

「じゃあ、挿《い》れるよ？」

と声をかけて、春人は割れ目に分身を押し込んだ。

「んんんっ！　オチ×チンっ、入ってきましたぁっ」

一物の進入と同時に、智代がそんな抑えた声をあげる。

さらに進んでいくと、間もなくミライと菜生子にはなかった抵抗を感じて、春人はいったん動きを止めた。

ここを破ると、自分が「智代の初めての男」になるのだ。そう考えると、バツイチや人妻としたのとは異なる緊張感を覚えずにはいられない。

それでも春人は、意を決して腰に力を込めた。

するると、肉棒が抵抗を破るのがはっきりと感じられる。

「んあああああっ！　あんんんんんっ!!」

智代が、甲高い悲鳴をあげたものの、慌てて突っ伏して自分の手の甲に口を当て、どうにか声を抑え込んだ。

それでも、苦しそうな声がこぼれ出るのを完全に抑えるのは無理なようである。

(ゆっくり挿《い》れたら、智代ちゃんが痛がる時間が長引くだけだな)

そう判断した春人は、一気に分身を奥まで突き入れた。

「んんんんんんっ!!」

身体を強張らせ、年下の先輩がくぐもった声をあげる。

そして、春人の動きが完全に止まると、その身体からようやく力が抜けていった。

「んんん……い、痛いぃぃ……けどぉ、ふあ、これがセックスぅ……んはあ、あそこがぁ、んくう、すごく熱くて苦しいのぉ……」

手の甲から口を離して、彼女がそんなことを口にする。さすがに、かなり辛そうな様子だ。

また、床には鮮血が散っており、太股にも愛液と混じって赤いものが流れている。

それらを見ると、彼女の初めてをもらったことを痛感せずにはいられない。

（智代ちゃん、かなり痛そうだし、動いたらもっと痛くなるだろうから、しばらくこのままにしておいたほうがいいな）

と考えて、春人はそのままジッとしていることにした。

（くうっ。それにしても、さすがに中がキツイなぁ）

春人は、一物から伝わってくる膣内の感触に、ついそんな感想を抱いていた。

初めて男を迎え入れたからだろうが、智代の中はまるでペニスを押し出そうとするかのような締めつけを見せている。ただ、その締まりのよさが、セックスに慣れた女性との違いを強く感じさせるのも間違いない。

そう意識すると、新たな興奮が湧き上がってくる。

先に一発出していないこともあり、ミライと菜生子との経験がなかったら、この興奮を抑えられずに抽送を始めていたかもしれない。だが、今はギリギリのところで理性を保てていた。

とはいえ、動物的な後背位で動きを止めたままでいるのは、本能に抗っているような感じで、なかなか難しいものがある。

ところが、少し時間が経つと、智代の様子が次第に変わってきた。

「んあ……はぁ、ああ……」

苦しそうな感じはまだ残っているものの、呼吸が明らかに熱を帯びてきて、狭い膣道の潤いも増してきたのである。

（ん？　どうしたんだろう？　あっ、そうか。智代ちゃんって、視線を意識すると興奮するから……）

彼女は、役場内でノーパンになるときも、別に見せつけたいわけではなく、「ノーパンなのを気付かれるかもしれない」というスリルに興奮を覚えていた。

おそらく、春人と視線が合っていなくても明らかに「見られている」と分かる後背位が、智代の性質には合致していたのだろう。

そうと分かると、いよいよこちらも欲望を抑えきれなくなってきた。

「智代ちゃん、動いてもいい？」

春人が訊くと、年下の先輩が小さく頷き、今度は先ほどまで枕にしていたタオルを噛《か》んだ。どうやら、彼女もそろそろ覚悟が決まったらしい。

そこで、春人は大きく息を吐いてから抽送を始めた。もちろん、破瓜《はか》の箇所をなるべく擦らないように、押しつけるような小さな動きである。

「んんっ、ふあっ、あんっ、オチ×チ……ふはっ、奥っ、あんっ、当たってぇ！　んんっ……！」

　智代が、そんなことを口にしてから再びタオルを嚙みしめる。

　その声を聞いた限り、こちらが心配しているほどの痛みは、もう感じていないようである。おそらく、充分に興奮しているおかげで、痛覚が半ば麻痺《まひ》しているのだろう。

　そう判断して、春人はやや動きを大きくした。

「んはあっ！　んんっ、それっ、くうっ、んんんっ……！」

　たちまち、智代がタオルから口を離し、苦痛混じりの声をあげる。さすがに、まだ辛さがあるらしい。

　ただ、こちらも興奮を抑えるのが難しく、もっと動きたいという欲求がある。

（そうだ。だったら、こうしながら……）

　と、春人は腰から手を離し、下向きになって存在感を増した両乳房を鷲摑みにした。

　それだけで、智代が「ふああんっ！」と声をこぼす。

　春人は構わずに、ピストン運動を続けながらふくらみを揉みしだきだした。

「んんんっ！　ふあっ、そんなっ、あんっ、あそこっ、んんっ、痛みがっ、はああっ、オッパイっ、ああっ、よくてぇ！　んはあっ、ああっ、んんんっ……！」

　タオルを嚙む余裕もなくなったらしく、年下の先輩がそんな喘ぎ声をこぼす。

彼女の反応を見ながら、春人はさらに少しだけ動きを強めた。

「んあっ、あっ、そこっ、んんっ、奥にっ、はああっ、コツコツってぇ！　ああっ、これがっ、あんっ、本物のっ、はううっ、セックスっ、ああっ、なんですねぇ？　んはっ、いいっ、はああああっ、ああんっ……！」

智代は、こちらの動きをしっかり受け止めながら、そんなことを口にした。痛みよりも快感が勝っているのが、この言葉からも伝わってくる。

ただ、もはやここが役場内の給湯室だということも忘れてしまったらしく、喘ぎ声を抑えようともしなくなっている。

もっとも、それは春人も同様で、リスクなど頭から吹き飛んで、夢中になって腰を動かしていた。

（ううっ。こっちがそろそろ限界かも……）

抽送を続けていると、間もなく春人は陰茎に熱いモノが込み上げてくるのを感じた。

さすがに、先に一発も出さずに本番に臨んでいると射精感が来るのも早い。ましてや、狭い膣なので締まりが強く、動くたびペニスが強烈に刺激されるのだ。

加えて、役場の給湯室でのセックスという背徳感が、これまでの経験とは異なる興奮をもたらしている。我慢することなど、まず不可能と言っていい。

「智代ちゃん、俺、そろそろ……抜くよ？」

「んあっ、今日はっ、あんっ、大丈夫っ、はうっ、だからぁ！　あんっ、中にっ、はうっ、中にくださいっ！　ああっ、春人さんをっ、あんっ、全部わたしにっ、ああっ、感じさせてぇ！　はううっ……！」

春人の訴えに対して、智代が頭を振りながら求めてきた。

このように言われたら、要求を無視するのは難しい。それに、不安で抜くことを口にしたものの、実のところできればこのまま果てたい、という欲求を抱いていた。

（ええい！　もうこうなったら！）

開き直った春人は、射精に向けて腰の動きを速めた。

すると、ただでさえ狭い膣肉で肉棒がいっそう刺激される。

「くうっ。もう……出る！」

と呻くように言って、春人は動きを止めると、年下の先輩の中に大量のスペルマを注ぎ込んだ。

「んあああっ！　熱いのっ、中にぃぃ！　ふあああぁぁぁぁぁぁぁ!!」

智代が身体を強張らせて、絶頂の声を響かせる。

役場内のどこかに人が残っていたら、間違いなく聞こえてしまっただろう。

（ううっ。精液が、まるで搾《しぼ》り取られるみたいだ……）

キツイ膣肉がいっそうペニスへの締めつけを強めてきたせいか、射精がなかなか終わってくれず、春人はそんなことを考えていた。

それでも、ようやく精が尽きると、それに合わせるように智代がグッタリと虚脱して床に突っ伏す。

春人のほうも、大量射精の影響か身体から力が抜けて、一物を抜くなり床にへたり込んでしまう。

「んはあ……はぁ、はぁ、春人さぁん……」

「ふぅ、ふぅ、智代ちゃん……」

互いの名前を呼び合いながら、二人は給湯室に荒い息を響かせていた。

4

日曜日、今日も昼過ぎから定休日のリュヤーで、ベリーダンスのレッスンが行なわれていた。

ちなみに、まだ基礎的な動きも完璧ではないものの、かなり様《さま》になってきたので、今日から曲に合わせた振り付けの練習に入っている。

というのも、美由紀たちに舞台経験を積ませるため、八月の夏祭りより前の七月頭にある小さなイベントで、ベリーダンスを披露することになったのだ。

いくつもの町や村が、平成の大合併でまとまってできた合積町には、合併前に行なわれていた祭りなどが、「地域イベント」という形で残っていた。その一つで、「ベリーダンスで町おこしプロジェクト」を先んじて発表することになったのである。

ただ、当日まであと一ヶ月ほどなので、初心者の三人が限られた練習時間で振り付けをフルに覚え、練度も充分にするには時間があまりに足りない。

そのため、大半の部分はミライがメインで踊り、美由紀たちはバックでヒップドロップなど基礎的な動きの組み合わせとダンススカーフを使った振り付けで、なんとか取り繕うことにしていた。

「はい、ストップ。智代、動きが悪いわヨ。まだ、体調が悪いノ？」

ミライがダンスを止めて、心配そうに訊く。

実際、年下の先輩の動きは水曜日までと比べてかなりぎこちなく、素人目にもヒップドロップなどに切れがないのは明らかだった。

「い、いえ、大丈夫です。昨日、休んだぶんを取り戻さないと」

智代が、ぎこちない笑みを浮かべてそう言うと、チラリと春人のほうに目を向け、すぐに視線をそらす。

そんな彼女の態度に、こちらの心臓も自然に高鳴ってしまう。

(智代ちゃんの動きが悪いのは、絶対に金曜日のエッチが原因だよなぁ)

一昨日は、落ち着いてから智代を先に帰らせて、セックスの残滓《ざんし》を処理してから仕事の残りを片付けた。おかげで午前様になってしまったが、こればかりは仕方があるまい。

そして昨日、彼女は「体調不良」を理由にレッスンを休んだ。おそらく、関係を持った翌日に春人と顔を合わせるのが、さすがに気まずかったのだろう。もっとも、金曜日に帰るときもかなり歩きにくそうにしていたので、破瓜の痛みと違和感が抜けずに動けなかっただけかもしれないが。

ただ、年下の先輩は水曜日にそこそこできていたことが、今はできなくなっていた。事情を知らなければ、心配になるのは当然だろう。

「智代、今日は無理をしないで帰ったほうがいいわ。春人、ウチの車を使っていいから、智代を家まで送ってあげて」

と、ミライが指示を出す。

「あ、あの、大丈夫です。続けられますから」

「ダメ。アタシが無理って判断したんだから、素直に従いなさい」

食い下がる智代に、エキゾチック美女が険しい表情で言った。

指導者から強制帰宅の命令が出た以上、教え子に反論などできるはずがない。

春人も、ここはミライの指示に従うことにした。気の毒だが、今の智代の動きでは、レッスンの足を引っ張るだけな気がするので、ミライの判断は正解と言うべきだろう。

春人が、駐車場からワンボックスカーを出して店の前に行くと、サマーコートを着た年下の先輩が、店主に付き添われて待っていた。

「それじゃあ春人、よろしくね。智代、ゲチミシュ・オルスン（お大事に）」

そうして、智代が助手席に乗り込んだので、春人は車を発進させた。

彼女の家は、街の中心から少し離れたところに建っており、リュヤーから車で五分ほどの距離である。基本的には徒歩でも問題ないが、「体調不良」だと少々辛い距離だろう。

「あの、春人さん？　ちょっと、寄り道をしてもらえませんか？」

あと少しで自宅に着くというところで、年下の先輩がそう切り出してきた。

「えっ？　大丈夫なの？」

「はい。えっと、本当に体調が悪いわけじゃなくて、あの、まだあそこに、その、春人さんが入っている感じが残っていて……踊ると、気になっただけなので……」

顔を真っ赤にしながら、智代が事情を打ち明ける。

このように言われてしまうと、さすがに強く拒むことはできない。

「……じゃあ、どこに行こうか？」

「あの、だったら、この先にある森林公園に……」

というリクエストを受けて、春人は彼女の家を通り過ぎて森林公園へと車を走らせたのだった。

町営の森林公園は、そこそこの面積を誇っているのだが、日曜日の昼間だというのに駐車場にはほとんど車が停まっていなかった。

何しろ、ここには特別な遊具やアトラクションがないため、わざわざ遊びに来る者は、さほど多くないのである。ましてや、花見シーズンが終わり大して暑くもない今の時期では、憩いを求めて来る客が少ないのも当然だろう。

車を降りると、智代が春人の手を取った。

「あの、こっちです」

そう言って、彼女は公園の遊歩道を少し進み、そこから道を外れて森に入った。春人のほうは、呆気に取られながらもついて行くしかない。

しばらく奥に進むと、智代が立ち止まって手を離し、こちらを向いた。

「は、春人さんっ。あの、ここで、またわたしとエッチしてくださいっ」

「ほえ？　と、智代ちゃん、本気？」

突然のリクエストに、春人は目を点にしていた。

彼女は一昨日、処女を喪失したばかりである。そんな女性が、このタイミングで再び求めて来るというのは、さすがに予想外の展開だ。

「あ、えっと、さっきも言いましたけど、今もまだあそこに春人さんの感触が残っていて……それで、実は違和感がまだあるのに、身体がずっと疼いていたんです。昨日も、その、一人でして……でも、なんだか物足りなくて……今日、春人さんを見ただけで、あそこが熱くなっちゃって……」

智代が、顔を真っ赤にしながら、消え入りそうな声で告白する。

どうやら、セックスの快感を忘れられず、自慰では満足できなくなってしまったらしい。その疼きも、ダンスの動きを鈍らせていた一因だろう。

（なるほど。だから、俺をここに連れ込んだのか）

春人も、ようやく彼女の謎の行動に得心がいった。

この場所を選んだのは、さすがに遊歩道を外れてまで人がやって来ないはずだ、という思いと、それでもひょっとしたら誰かに見られるかもしれない、というスリルで自身の性癖も満たせるからだろう。

ただ、こんな穴場スポットに迷わず連れてきたということは、おそらく智代は一人でもここに来たことがあるのに違いあるまい。そして、何をしていたのかは容易に想像がつく。

（うーん。だけど、智代ちゃんとも二度目のエッチをしたら……）

さすがに、その責任の重さはバツイチや人妻の比ではない気がする。

だが、彼女に初めてのセックスを教えたのは、他ならぬ春人自身である。たとえ、自分に他の思い人がいるとしても、この誘いを断るのは男としての責任を放棄するようなものではないか？

そう考えると、躊躇の気持ちも消えていく。

「分かったよ、智代ちゃん。じゃあ、しようか？」

春人がそう応じると、年下の先輩がはにかんだ笑みを浮かべた。

「ああ、よかったぁ。あの、それじゃあ……」

と、彼女がサマーコートの前をはだける。

そうして、コートの下から現れた衣装を見て、春人は驚きのあまり言葉を失った。

なんと、智代はベリーダンスのレッスンウエアのままだったのである。

「どうせ、車で家に帰るだけだからと、着替えなかったんです。その、きちんと感想を聞いたことがないんですけど、この格好、どう……ですか？」

「えっと……に、似合っていると思うよ」

恥ずかしそうな一歳下の先輩の問いかけに、春人はドギマギしながら応じた。

当然、これはお世辞ではなく心からの言葉である。

レッスンウエア越しにも、スレンダーな智代の身体のラインははっきり分かった。

もちろん、既に一度は彼女の半裸を目にしている。それでも、やはりどちらかと言えば肉付きがいいミライや菜生子とは、また違った魅力があるように思えて、興奮が湧き上がってくるのを抑えられない。

「ああ、この格好を春人さんに見られてぇ……視線だけで、身体がますます疼いちゃいますぅ」

ますます顔を紅潮させて、智代がそんなことを言いながら身体をくねらせる。

その動きが、ベリーダンスの動きとは異なる色気を感じさせて、牡の本能を刺激してやまない。

どうにも辛抱できなくなった春人は、「智代ちゃんっ！」と年下の先輩を抱きしめた。そして、本能のまま彼女の唇を奪うように、自らの唇を重ねるのだった。

5

「んっ……レロ、レロ……」

近くの立木に背を預け、下半身を露わにした春人の前に、レッスンウエア姿の智代が跪《ひざまず》いて、勃起したペニスの先端部にぎこちなく舌を這わせる。

「くうっ。そう、なかなか上手だよ。だけど、もう少し思い切ってチ×ポ全体を舐め回して欲しいな」

もたらされる快感に酔いながらも、春人はそうリクエストを口にしていた。

「レロ……は、はい。全体を……ピチャ、ピチャ……」

と、年下の先輩がこちらの指示に従い、竿の部分を舐めだす。

もちろん、智代の行為はミライや菜生子とは違って、テクニックも何もなくただ舌を動かしているだけだ。しかし、彼女の初フェラチオというだけで、興奮材料には充分と言える。

（それにしても、まさか智代ちゃんのほうから「オチ×チンにご奉仕したい」なんて言いだすとは思わなかったぞ）

春人は、ついそんなことを思っていた。

実際、智代がフェラチオを自ら望んだときは、「本気？」と聞き返してしまったほどである。とはいえ、一歳下の先輩のフェラチオバージンまで捧げてもらえるのは、こちらとしても光栄と言っていい。したがって、拒む選択肢はなかったのだ。

「智代ちゃん、今度はチ×ポを咥えてくれる？　無理に全部口に入れなくてもいいから、入るところまでやってみて」

春人が新たな指示を出すと、彼女は舌を離して顔を上げた。

「ぷはっ。お、お口にこれを……はい」

やや不安げな表情を浮かべながら、智代が口を開けて亀頭に顔を近づける。そして、恐る恐るという感じで先端部を口に含んだ。

「んんっ……んんん……」

声を漏らしながら、年下の先輩が少しずつペニスを呑み込んでいく。

そうして、温かな口内にジワジワと肉棒が包まれる感触が、なんとも心地よく思えてならない。

しかし、竿の半分にも達さないところで、智代が「んぐっ」と苦しそうな声を漏らして動きを止めた。どうやら、今はそこが限界点らしい。

「じゃあ、歯を立てないように気をつけながら、顔を動かして」

春人が指示を出すと、彼女は「んっ」と小さく頷いた。そして、ゆっくりとストロークを始める。

「んじゅ……じゅぶ……んんっ……んむ……」

「ああ。それ、いいよ」

肉茎から生じた心地よさに、春人はそう口走っていた。

もちろん、その動きにテクニックと呼べるほどのものはない。しかし、自分の指示で年下の女性が初めて分身に奉仕している、という事実は、経験者にされたフェラチオとは違った興奮と快感をもたらしてくれる気がした。

「くうっ。智代ちゃん、あとは舐めたり咥えたりを、自分で考えながらしてもらえるかな？」

「んぐ、んんっ……ふはあっ。自分で、ですかぁ？　……わ、分かりました。やってみますぅ」

少し不安げに応じて、一歳下の先輩がまた亀頭に舌を這わせだした。

「ンロ、ンロ……ピチャ、ピチャ……レロロ……」

智代は先端を舐め回してからカリに、さらには竿へと舌を移動させていった。その舌使いは、先ほどよりもやや大胆になっている。

そうして、ぎこちない舌使いで陰茎全体を舐めてから、彼女は「あーん」と口を開け、再び勃起を口に含んだ。

「んんっ。んっ、んぐ、んぐ……」

少し苦しそうにしながらも、智代が顔を動かして唇で肉棒をしごく。

「ううっ。そう、その調子」

と、春人は快感に浸りながら褒めていた。

当然ながら、経験者のフェラチオとでは快感の度合いなど比較にもならない。しかし、屋外の森の中で、パッと見ると女子高生と間違えそうな顔立ちの女性が、レッスンウエア姿でフェラチオをしてくれているのだ。ましてや、彼女は自分が処女をもらった相手である。

そうしたことが、ミライや菜生子のときとは異なる大きな興奮を、春人にもたらしていた。

おかげで、腰の奥の熱が一気に分身の先端に向かいだす。

「くうっ。そろそろ出そうだ。智代ちゃん、このまま出すから、口で受け止めて！」

射精の予兆を感じた春人は、そう指示を出していた。

もちろん、初フェラチオの人間に口内射精を要求するのは、いささか気が引ける。しかし、場所が場所である。顔や服を精液まみれにした場合、表に出たとき誰かに見られたら面倒なことになりかねない。リスクを少しでも減らすには、口に出すしかない、と春人は考えたのだった。

智代も、こちらの意図を察してくれたのか、ペニスを咥えたまま「んっ」と小さく頷き、顔の動きを速める。

「ううっ……それっ、うっ。もう出る！」

その刺激で、たちまち我慢の限界に達した春人は彼女の口内に精をぶちまけた。

「んんんんんっ！」

智代が目を白黒させながら、スペルマを受け止める。さすがに、射精の勢いに驚いているらしい。

「んんんっ……ぷはっ。ゲホッ、ゲホッ……」

堪えきれなかったようで、年下の先輩は肉茎から口を離すとむせ込んで、白濁液を地面に吐き出した。

できれば精飲までしてもらいたかったが、フェラチオバージンの人間には口内射精だけでもかなりハードルが高い行為だ、と言えるだろう。

だが、そんな彼女の姿にも、春人は奇妙な興奮を覚えずにはいられなかった。

6

「智代ちゃん、今度は僕の番だよ」

と声をかけると、春人はまだ息を切らしている彼女のトップスを下着ごと強引に引き上げた。

そうして露わになった小振りなバストの頂点にある突起は、既に充分すぎるくらいに屹立している。

「智代ちゃん、フェラチオで興奮していたんだ？」

その指摘に、一歳下の先輩が無言のまま恥ずかしそうに顔を背ける。しかし、否定しないということは図星だったのだろう。

春人は、彼女が目をそらした隙を突いて、乳首に吸いついた。

「ちゅば、ちゅば……レロロ……」

「んあっ、春人さんっ、あっ、それっ、やんっ、ああっ、赤ちゃんみたいっ、んはっ、んんんっ……！」

智代が声を殺しながら、そんなことを口にする。

だが、春人は構わずに愛撫を続けた。

「ああっ、んくっ、オッパイ……んはっ、あうっ、んはあっ、んんっ……！」

年下の先輩は、どうにか喘ぎ声を我慢しようとしているようだったが、堪えきれずに声がこぼれ出る。

乳首を愛撫しながら、春人は彼女の下半身に手を這わせた。そして、スカートの奥に手を滑り込ませて、秘裂に触れる。

すると、智代が「ひゃうっ」と甲高い声をあげておとがいを反らした。

(やっぱり、かなり濡れているな)

事実、そこはショーツとインナーから染み出すくらい湿り気を帯びていた。初めてのフェラチオを、こんな場所でしていたことに、露出狂の気がある彼女は相当な興奮を覚えていたらしい。

春人はインナーとショーツをかき分け、割れ目に直接指を這わせた。そして、指の腹で擦るように愛撫を始める。

「んなあっ！　そんんっ、いきなりぃぃ！　あんんんっ！」

甲高い大声をあげた智代が、慌てた様子で自分の手で口を塞ぐ。

春人も、いったん舌と指の動きを止めて、あたりの物音に聞き耳を立てた。だが、鳥の鳴き声などは聞こえてくるものの、人が来るような気配は特にない。

ところが、愛撫をストップしたというのに、秘部からは新たな蜜がトロリと溢れ出してきた。

「ますます濡れてきたね？」

「ああ、そんなぁ……このままじゃ、帰れなくなっちゃいますぅ」

乳首から口を離して指摘すると、智代が間延びした声で応じる。

「じゃあ、脱がすよ？」

と訊くと、一歳下の先輩が小さく頷く。

春人は、レッスンウエアのスカートとインナーパンツ、さらにショーツも脱がしてその下半身を露わにした。

「智代ちゃん。立って、そこの木に寄りかかって」

指示を出すと、彼女は素直に従った。もはや、自分の頭で可否を判断することもできなくなっているのかもしれない。

春人は前に立つと、智代の片足を持ち上げて一物をあてがった。そして、そのまま挿入を開始する。

「んああっ、立ったままぁ？　んんっ、入ってっ、ああっ、来るぅぅ！」

困惑の声をあげながらも、年下の先輩はペニスをすんなりと受け入れる。

さらに進んでいくと、やがて二人の下半身がピッタリとくっついた。

「智代ちゃん、痛くない？」

「あ、その、まだ少し痛いですけど……大丈夫です。それより、春人さんのオチ×チンがまた入ってきてくれて、すごく嬉しいです」

春人の問いかけに、智代がそう応じて笑みを浮かべた。

その健気《けなげ》さに、胸が熱くなるのを禁じ得ない。同時に、抽送への欲求も増す。

「じゃあ、脚を持って動くから、僕の首に腕を絡ませて」

と指示を出すと、彼女が言われたとおりにする。

それから、春人は一歳下の先輩の両脚を持ち上げて宙に浮かせた。そして、駅弁スタイルで突き上げるように腰を動かしだす。

「んああっ！　ふっ、深いぃぃ！　あっ、んんんっ！　んはっ、あっ、んぐううっ、んはあっ、あんんんっ……！」

大声をあげた智代が、慌てた様子で唇を噛んで声を殺そうとする。だが、刺激が強すぎるらしく、完全には抑え切れていない。

（くうっ。まだ、オマ×コの締めつけがすごい！）

春人は抽送をしながら、相変わらずの膣のきつさに心の中で呻き声をあげていた。

二度目だからなのか、肉棒を締めつけてくる膣道の力は、初めてのときとほとんど変わっていない。

さすがに、簡単にはペニスに馴染まないのか、あるいはこれが彼女の膣の特徴なのか、今の春人にはまだ判断がつかなかった。ただ、その締まりのよさが腰を動かすたび、分身に得も言われぬ心地よさをもたらすのは、紛れもない事実である。

春人は欲望のままに、突き上げるようなピストン運動を続けた。

「んあっ、あんっ！　奥にっ、はうっ、んんっ、届いてぇ！　あうっ、んくうっ、はううっ……！」

子宮口を突くたびに、智代がおとがいを反らして喘ぎ声を漏らす。それでも、あたりに響くような大声を出さないのは、かろうじて理性が働いているからだろう。

（しかし、これはさすがに疲れるな）

しばらく抽送を続けているうちに、春人は疲労を感じるようになっていた。

木にもたれかからせているとはいえ、女性の体重を腕で支えながら腰を動かすのは、かなり体力を消耗する。正直、自身の体力をやや過信していたことを痛感せずにはいられない。

「智代ちゃん、いったん抜くよ？」

と声をかけて、春人は抽送をやめて彼女の足を降ろした。

そして、ペニスを抜くと、智代が「あんっ」と残念そうな声をこぼす。

「じゃあ、智代ちゃんは後ろを向いて、木に手をついてお尻をこっちに突き出して」

「はぁ、はぁ……えっ？　あっ、はい」

息を切らしていた年下の先輩は、こちらのリクエストの意味を察したらしく、すぐに言われたとおりにする。

春人は彼女の背後に近づくと、そのまま再びペニスを挿入した。

「んんんんっ！　春人さんが、また入ってきましたぁ」

一物が侵入するのと同時に、智代がそんなことを口にした。声を抑えているのは、あらかじめ覚悟ができていたからだろう。

そうして奥まで挿入し終えると、春人はすぐに腰を動かし始めた。

「あんっ、これっ、んはっ、またっ、あんっ、感じてぇ、んんっ、んあっ……！」

たちまち、智代が小さな喘ぎ声をこぼしだす。

案の定と言うべきか、彼女は後背位だといっそう感じやすくなるらしい。

（くおっ。気持ちいい！）

と、春人は心の中で驚きの声をあげていた。

あまり大きなピストン運動はしていないのだが、もともと膣道が狭いからか、小さな動きでもペニスに得も言われぬ快感がもたらされて、性電気が脊髄を駆け抜ける。

できることなら、このまま行為を続けたい気持ちもあったが、一歳下の先輩をより感じさせる手を春人は考えていた。

ひとしきり腰を動かしてから、春人はいったん動きを止めた。そして、彼女の片足を大きく持ち上げ、まるで牡犬がオシッコをするときのような体勢にする。

「ふあっ？　ああっ、こんな格好……ああんっ！」

体勢に驚きの声をあげた智代だったが、抽送を再開するとたちまちおとがいを反らした。

春人は、構わずにピストン運動を続けた。

「んはっ、これぇ！　あんっ、こんな格好っ、あうっ、はっ、恥ずかしっ……あんっ、けどぉ！　ふあっ、感じちゃいますぅ！　あっ、んんっ、ふあっ、あんっ……！」

と、年下の先輩が喘ぐ。

膣内の潤いもますます増しているところから見て、実際にかなりの快感を得ているのは間違いないようだ。

その彼女の姿に興奮を抑えられず、春人はいっそう腰の動きを荒々しくしていた。

「ひゃうん！　それっ、んんっ、ふあっ、ああっ、激しっ！　あんっ、声っ、あんっ、出ちゃうっ！　んああっ、我慢できないぃぃ！　あっ、あんっ……！」

そうして快感で喘ぎながらも、年下の先輩はどうにか声を噛み殺そうと試みているようだった。だが、そうして声を我慢しようとすることが膣肉の締まりに繋《つな》がっているらしく、肉棒への締めつけがいちだんと強まる。

加えて、ここは誰かに見られるリスクがある森林公園だ。立ちバックで片足を上げ、身体がほぼ横を向いている以上、遊歩道のほうから誰か来たら、顔やバストにペニスを呑み込んだ秘部まで見られてしまうかもしれない。

しかし、そんな危機感が露出癖のある彼女の興奮材料になっているのは、間違いあるまい。

もっとも、春人のほうも青姦《あおかん》の背徳感が自身の興奮に結びついているのを、強く感じていた。

おかげで、新たな射精感が早くも湧き上がってきてしまう。

「智代ちゃん？　僕、そろそろ……」

「んっ、んっ、あっ、わたしもっ、あんっ、イクッ！　んんっ、イキますっ！　んあっ、もうっ、はあっ、我慢できませんっ！　んんんんんんんんんっ!!」

不意に、年下の先輩がそう口にし、おとがいを反らして身体をピンと強張らせた。

絶頂の声をなんとか殺したのは、智代の最後の理性だったのだろう。

同時に、キツイ膣肉が激しく収縮し、一物に甘美な刺激をもたらす。

そこで限界に達した春人は、「ううっ」と呻くと、彼女の中に出来たての精をタップリと注ぎ込んでいた。

第四章　ベリーダンス衣装に乱れる肢体

1

（うう……やっぱり、すごく気まずいな）

土曜日、トルコ風の音楽に合わせて踊っているレッスンウエア姿の四人を見ながら、春人はなんともいえない居心地の悪さを感じずにはいられなかった。

何しろ、ベリーダンスプロジェクトの参加者の、美由紀以外の全員と複数回の肉体関係を持ってしまったのである。

水曜日は、役場の仕事が終わってからのレッスンで時間も短めなので、そこまで強く意識していなかった。しかし、今は針のむしろに座っているようないたたまれなさを感じていた。

おまけに、秘密を持ってしまった罪悪感から、美由紀とも今までのように気軽には話せなくなってしまったのである。最近は、役場内でも彼女と話すことをなんとなく避けて、必要最小限の会話にとどめていた。

（こんなことじゃダメだ、とは分かっているんだけど、ついなぁ……）

女性との交際経験がまったくないのに、セックスの経験だけが重なってしまった。そんな状況に心が追いついていないのが、このどうしようもないばつの悪さに繋がっているのかもしれない。

それならば、いっそのこと練習の準備だけ手伝って、レッスン中は外に出ているなり帰宅するなりしようか、とも思った。

しかし、今までずっと付き合っていたことを急にやめるのも不自然だろうし、美女たちの練習風景を見るのが楽しみなのも、正直な気持ちである。

「はい、ストップ。美由紀、また動きが遅れているわヨ。最近、ちっともダンスに集中できていないみたいネ？」

音楽を止めたミライが、少し厳しい声で注意する。

その声で、春人もようやく我に返った。

どうやら、またしても美由紀が失敗したようである。

このところ、彼女のミスは目に見えて増えていた。今日など、「運動が苦手」と言っていた菜生子よりも多いくらいである。

「ごめんなさい。でも、やっぱりこの格好がなんだか恥ずかしくて……」

うなだれながら、美由紀が言う。

実際、ジャージの頃はそんなことはなかったのだが、レッスンウエアになってから彼女はミスを多発していた。どうやら、未だに羞恥心が拭えずダンスに集中できなくなっているらしい。

もっとも、春人は「恥ずかしさだけが理由じゃないよな？」という印象を抱いているのだが。

そのとき、店の裏口に当たる住宅部のほうから、インターホンのチャイム音が聞こえてきた。

「あ、ちょっと出てくるから、いったん休憩ネ」

そう言って、ミライが奥に引っ込んだ。

「ふう。さすがに、本格的に踊ると疲れますね？」

「はぁ、はぁ……そうねぇ。だけど、ミライさんの動きと比べたら、わたしたちのはまだ『ダンス』とは呼べない気がするわ」

智代と菜生子がそんな会話をする中、美由紀は息を切らしたまま、思い詰めた表情でフロアマットに腰を下ろし、傍らのタオルを手にして顔の汗を拭《ふ》いていた。

やはり、ミスが増えていることを気にしているのだろうか？

（うーん……できれば、美由紀先輩に声をかけて励ましてあげたいけど……）

そうは思っても、行動に移せない自分の性格が恨めしかった。とはいえ、それができるようであれば、高校時代にもっと彼女と親密になれたのだろうが。

加えて、他の三人と肉体関係を持っている後ろめたさが、こと美由紀に対する積極性を奪っていた。

間もなく、ミライが大きな段ボール箱を抱えて戻ってきた。

「みんな、本番用の衣装が届いたわヨ。さっそく試着して、サイズを確認しましょう」

ベリーダンスは、かなり激しい動きをするため、特にトップスのサイズが合わないとホックが弾けたり、逆に胸がこぼれ出たりする危険性がある。もちろん、注文時にしっかり採寸しているのだが、カタログデータと実際が合っていないというのは、衣装に限らずよくあることだ。

ミライも、そのあたりを気にしているのだろう。

「うう、本番用の衣装……」

美由紀が、なんとも気乗りしない様子で口を開いた。

「ああ、なんだかドキドキしますぅ」

「わたしは、緊張しちゃうわ」

智代と菜生子は、そんなことを言いながら立ち上がる。

そうして、四人はいったん奥の部屋に姿を消した。

「智代、トップスは下着よりも上にする感じにして、思い切って盛《も》っちゃいなさい。菜生子と美由紀は、そのままじゃ踊ったときにオッパイが見えちゃうわヨ。オッパイを潰して、ブラとオッパイの隙間を盛るノ。まぁ、今日は試着だからそのままでもいいけど。ああ、スカートはウエストじゃなくて、腰の一番太いところで支える感じにするのヨ。もっと下」

少しして、そんなミライの声が聞こえてきた。

どうやら、初めての本格的な衣装の着用に、ビギナーの三人は苦戦しているらしい。

しかし、彼女たちの着替え姿をつい脳内で妄想して、春人は股間のモノが硬くなってくるのを抑えられなかった。

（うう。ヤバいなぁ。落ち着け、俺）

と、深呼吸をしたものの、奥の光景を意識すると、どうしても胸が高鳴ってしまう。練習の前後であれば、レッスンの準備や片付けなどをしているため、すぐ近くで女性たちが着替えていても、意外と余計なことを考えずに済む。だが、今はただ椅子に座って待っているだけなので、奥の部屋で四人の美女が着替えをしていることを否応なく気にせずにはいられないのだ。

そんなことを思っていると、奥の襖が開いてパープルの布地をベースにした本番用の衣装を着用したミライが姿を見せた。

「春人、お待たせ。ほら、みんなも出てきなさいよ」

と店主に促されて、菜生子と智代、そして最後に美由紀がなんとも恥ずかしそうに姿を見せる。

その彼女たちを、春人は息を呑んで見つめていた。

衣装はミライとお揃いのデザインで、トップスが三角ブラなため、いつものレッスンウエアにも増して胸の谷間が見えている。また、ふくらみのあたりにもきらびやかな刺繍やビーズワーク、そしてスパンコールが施されていた。

ただし、デザインは統一されているがベースの布の色はバラバラで、菜生子はラベンダー、智代はエメラルドグリーン、美由紀は淡いブルーである。

スカートは上に合わせた色とデザインで、足全体が隠れる長さがあった。ただ、両脇に深く大きなスリットが入っており、前部はほとんど一枚の布地が前垂れのように下がっているのみだ。そのため、歩くだけで脚の付け根近くまでチラチラと見えて、なんとも言えない色気が漂《ただよ》ってくる。

加えて、腰回りにはスパンコールが施されたネット状のヒップスカーフを着けているため、衣装の妖艶《ようえん》さがいっそう引き立っていた。

レッスンウエアでも、彼女たちは魅力的だったが、こうして華やかな衣装を着用すると、また異なる魅力が醸《かも》し出されている気がしてならない。

カタログは一緒に見ていたものの、実際に着た姿の破壊力は春人の想像以上だった。この格好でステージに出て踊ったら、注目を集めるのは間違いないだろう。

「春人ォ？　この衣装、どうかしらァ？」

と、艶めかしく腰をくねらせながら、ミライがこちらに近づいてきた。

「あっ。春人くん、わたしはどう……かしら？」

「春人さん、わたしは？　あの、似合っていますか？」

菜生子と智代も、少しはにかみながらも身体を隠すことなく、春人に向かってくる。

「あっ、いや、あの……」

妖艶な格好の三人に接近されて、春人は胸の高鳴りを禁じ得ず、言葉を失っていた。

ミライは、前に違う衣装を着たのを見ているものの、新しいものでも魅力的である。というか、サイズが合っているぶん、以前よりもずっと魅惑的に見えた。

菜生子の場合、やはり大きなバストが非常に目を惹く。ウエストのくびれは、まだやや足りない感じはするものの、この衣装ならば充分に魅力的と言っていいだろう。

智代については、通常よりも胸がかなり大きく見えた。先ほどのミライの言葉から察するに、おそらく寄せて上げるなどしてバストを盛っているのだろう。ただ、それがなんとも新鮮に思えてならない。

ところが、美由紀だけは恥ずかしそうに身体をすくめていて、こちらに近づいてこようとはしなかった。

もっとも、遠目からでも彼女は十二分に魅力的だった。もともとバランスのいい体つきなのだが、いつもよりも露出の多い衣装を着用したことで、その美しさがいっそう引き立っている気がする。もう少し開き直って堂々としてくれていたら、きっと穴が空くほど見つめていたことだろう。

「春人ったら、硬くなっちゃって、本当に可愛いワァ」

「ああ、ちょっと恥ずかしい……だけど、春人くんに最初に見てもらえて、すごく嬉しいのぉ」

「春人さぁん、どうですかぁ？　わたし、この格好で人前に出て踊るんですよぉ」

ミライと菜生子と智代が、媚《こ》びるように言いながら、椅子に座ったままの春人を取り囲んで身体を近づけてくる。

「あ、あの……三人とも、よく似合っていると……」

我に返った春人は、動揺しながらどうにかそう答えていた。

ただ、三人の牝の匂いが鼻腔に流れ込んできて、股間に血液が勝手に集まってしまう。これでは、立ち上がって逃げだすこともできない。

「ああっ、もうっ！　みんな、なんなの!?　真面目にやる気がないんだったら、わたし、もう帰る！」

と、美由紀がいきなりそう叫んだ。そして、きびすを返して奥の部屋に駆け込んでしまう。

あまりにも唐突な彼女の言動に、春人は唖然《あぜん》とするしかなかった。

「アララ。ちょっと、薬が効きすぎたかしら？」

ミライが春人から身体を離して、少しばつが悪そうに口を開く。

「あの反応は、さすがに予想していなかったですねぇ」

「そうですね。美由紀さんが、あんなに怒るなんて……」

と、菜生子と智代もなんとも申し訳なさそうに言う。

「あの、いったい……？」

どういうことか分からず、春人は首を傾げるしかなかった。

「美由紀って、レッスンウエアでも恥ずかしがっていたでしょう？　あのままじゃ、本番の衣装で人前に出るなんて無理だろうし、練習も進まないもの。だから、この衣装が届いたら、少し荒療治をしようと思っていたのヨ」

ミライが、そう打ち明けた。

「荒療治って、今のがですか？」

「ええ。わたしたちがこの格好で春人にベタベタすれば、あの子も吹っ切れるかと思ったんだけど……オズル・ディレリム（ごめんなさい）」

どうやら、ミライたちは事前に示し合わせて、美由紀を開き直らせようとしていたらしい。だが、彼女の反応は想定とまったく異なったようである。

間もなく、襖の向こうから乱暴にドアを開け閉めする音が聞こえてきた。

着替えを終えた先輩が出て行ったことは、容易に想像がつく。

「春人、すぐに美由紀を追いかけなさい」

「えっ？　でも……」

ミライの指示に、春人は躊躇していた。

もちろん、追いかけたい気持ちはあったが、今は就業時間ではないとはいえ、町おこしプロジェクトのレッスン中である。その現場を二人で放棄するのは、いささか無責任な気がしてならない。

「春人くん、美由紀ちゃんのことが好きなんでしょう？」

菜生子の指摘に、春人の心臓が大きく飛び跳ねた。

「えっ？　な、なんでそれを？」

「春人の気持ちに気付かないのは、よほど恋愛に疎《うと》い人くらいだと思うワヨ。まぁ、美由紀もその一人だとは思うけど」

こちらの疑問に、ミライが肩をすくめて応じる。

それに対して、菜生子と智代も大きく頷いた。どうやら、二人も春人が誰を思っているか、しっかり分かっていたようである。

春人としては、「公私混同」と言われないようにする意味もあって、自分の思いを殺してきたつもりだった。しかし、最初から気付いていたミライのみならず、菜生子と智代にまでバレていたとは。

「春人さん。美由紀さんのことをお願いします。わたしにとっても、大切で大好きな先輩なんです」

悲しそうな表情を浮かべながら、年下の先輩が深々と頭を下げる。

処女をもらった相手から、このように言われて怖じ気づいていては、さすがに男が廃《すた》るというものだろう。

「分かりました。それじゃあ、美由紀先輩のことは僕に任せてください！」

そう言って、春人は三人の美女に見送られながら、急いで店の裏の玄関へと向かうのだった。

2

春人が外に出たとき、既に美由紀の姿は見当たらなかった。

だが、彼女は「もう帰る」と言っていた。怒りで我を忘れた状態での発言であれば、言葉の裏をかいて別の場所へ行くとは考えにくい。

そう考えた春人は、美由紀の自宅へと向かう道を走りだした。

すると案の定、交差点を曲がって少し進んだところで、スポーツバッグを手にトボトボと歩く美由紀の後ろ姿が見えた。

春人が駆け寄って声をかけようとすると、気配に気付いたらしく彼女が振り向いた。

そして、目を丸くしてから逃げだそうとする。

だが、それより速く春人は追いついて、その手首を摑んだ。

「離して！」

と、美由紀が手を振りほどこうとする。

「先輩、逃げないでください！　逃げるんなら、絶対に離しません！」

春人が強く言うと、彼女はようやく暴れるのをやめてこちらを見た。

その目に浮かんだ涙を見ると、自然に胸が痛んでしまう。

「なんで、追いかけてきたの？」

と、美由紀が感情を押し殺した声で訊いてきた。

「それは、美由紀先輩が心配だったから……」

「嘘。どうせ、ミライさんあたりに言われたからでしょ？」

「うっ。それはありますけど、先輩が心配だったのも本当です」

鋭い指摘にたじろぎながら、春人は正直に答えた。

すると、美由紀は少し黙り込んでから、ためらいがちに口を開いた。

「春人くんは……ミライさんと菜生子さんと智代ちゃんの、誰が……好きなの？」

どうやら、彼女も春人と三人の女性の関係が変化したことには、さすがに気付いていたらしい。

ただ、案の定と言うべきか、こちらの気持ちをすっかり誤解されていたことも、この言葉からも容易に理解できる。

こうなると、今まで抱いていたためらいを捨てるしかない、という決意が、春人の中に込み上げてきた。

中学時代のトラウマよりも、思い人に自分の本心を知ってもらいたい、という気持ちのほうが勝ったのである。

「あの……僕が一番好きなのは、美由紀先輩なんです！　高校時代からずっと好きで、今でもその気持ちは変わっていません！」

春人の意を決した告白に、美由紀が目を大きく見開く。

「……嘘。だって、春人くんは最近わたしのことを避けて……」

「それは、その……実は、ミライさんたち三人とは色々ありまして……後ろめたくなっちゃって、なんか話をしづらくなったもんで……」

春人は、ついつい口ごもっていた。さすがに、この場ですべての事情を打ち明けるのは気が引ける。

それでも、彼女は事情を察してくれたらしい。

「そう……だったんだ。じゃあ、わたしのことが一番好きっていうのは、本当に本当？」

そう訊かれて、春人は大きく頷いた。ここまできたら、もう開き直るしかない。

すると、美由紀がしばらく沈黙してから、頬を赤らめながら意を決したように口を開いた。

「あ、あのね……実はわたしも、高校時代から春人くんのことが好きだったの」

「えっ？　そうなんですか？」

いささか予想外の告白に、春人は驚きの声をあげてしまう。すると、彼女が言葉を続けた。

「卓球部で、よく組んで練習していたでしょう？　最初はそうでもなかったんだけど、だんだんキミと練習するのが楽しみになって、顔を見ているとドキドキするようになって……自分が恋をしているって、やっと気付いたの。でも、わたしは年上だし、春人くんは迷惑かもしれないって思ったら告白できなくて、そのまま卒業しちゃったから諦めていたんだけど……駅でキミと再会したときは、すごく驚いたけど嬉しくて、町役場で一緒に町づくり課で働けるようになって、とっても幸せだった。だけど、仕事を優先しなきゃいけないから、気持ちを隠そうと思って……」

「先輩も、そうだったんですか……」

まくし立てるような告白が途切れたところで、春人はついついそう口にしていた。

まさか、美由紀が自分とまったく同じことを考えていたとは、思いもよらなかったことである。結果的に、お互いが一歩を踏み出せないまま、ずっとすれ違いを続けていたのだ。

「でも、最近の春人くんは、ミライさんと菜生子さんと智代ちゃんと、ものすごく親しくなったでしょう？　もしかしたら、誰かにキミを取られちゃうんじゃないか、と思ったら、さっきは感情を抑えられなくなっちゃって……嫉妬で逃げだすなんて、わたし自分が情けないわ」

そう言って、彼女が俯く。

「そんな！　情けなくなんかないです！　それくらい、僕のことを思っていてくれたってことなんだし」

「んっ。そう言ってもらえると、少し気が楽になるわ」

こちらの言葉に、美由紀がそう応じて微笑《ほほえ》む。

「あの、美由紀先輩？　その……僕のカノジョになってくれますか？」

思い切って春人が切り出すと、彼女は息を呑んだ。そして、目に新たな涙を浮かべて「はい」と首を縦に振る。

(やった！　俺、美由紀先輩と恋人同士になれたんだ！)

春人は喜びのあまり、思わず彼女を抱きしめようとした。が、ここが人や車の往来がある場所なことを思い出し、どうにかその衝動を堪える。

「えっと、先輩？　今、ウチには誰もいなくて……う、ウチに来ませんか？」

幸いと言うべきか、数日前から両親は旅行に出ていて不在なのである。

春人が恐る恐る切り出すと、美由紀は「えっ？」と目を丸くした。しかし、すぐに言葉の意味を察したらしく、顔を真っ赤にしながら小さく頷いた。

3

「ふぅ。とりあえず、人を入れてもいいくらいには片付いたな」

春人は、自室をどうにか片付けて額の汗を拭った。

つい横着していたため、荷物が入ったままの段ボールがまだ部屋の隅に何箱か積み重なっているが、これればかりはどうしようもない。今は、美由紀に見られたら恥ずかしいものだけ隠しておけば、ひとまず問題ないだろう。

少しして、部屋のドアをノックする音がし、「春人くん?」と声が聞こえてきた。

春人が、緊張しながら「どうぞ」と応じると、ゆっくりとドアを開けて恋人になりたての女性が姿を見せる。

だが、春人はそこで目を丸くしていた。

彼女は、先ほどのベリーダンスの本番用衣装に着替えていたのだ。しかも、ヒップスカーフまで着用したフル装備である。

「せ、先輩、その格好……」

「えっとぉ……春人くん、この衣装が好きなのかなって……うう、でもやっぱり恥ずかしいよっ」

そう言って、美由紀が身体を縮こまらせる。

「恥ずかしがることないですよ! 美由紀先輩、とっても似合っていて、すごく綺麗です!」

春人が力説すると、彼女は照れくさそうにはにかんだ。

「本当に? 嬉しい……。まだ恥ずかしいけど、キミがそこまで言ってくれるんなら、

「ちょっと見て……欲しいかも」

と言ってから、美由紀がようやく手を下ろして身体を伸ばす。

（いやいや。実際、お世辞抜きですごく似合ってるよ）

そんな恋人の姿に、春人は内心で感嘆の声をあげていた。

美由紀はスタイルがいいので、露出が多い衣装がよく映える。さっきも魅力的だったが、こうして間近で眺めるとその思いがいっそう強まる。

何より、この姿の彼女を独占して見ていることが、今は幸せだった。

自室に二人きりということもあり、春人は高まった気持ちに任せて、恋人を力強く抱きしめた。

美由紀は、「あっ」と声をあげて身体をやや強張らせたが、特に抵抗はしない。

身体を密着させると、彼女の体温や匂いと共に、心臓のドキドキ音が聞こえてくる。

相当に緊張しているらしく、鼓動がかなり速い。

春人がいったん身体を離して見つめると、美由紀もこちらの望みを察したのか、すぐに目を閉じ、唇を突き出す。

春人は、緊張を覚えながらも顔を近づけた。そして、唇を重ねる。

その瞬間、美由紀が「んんっ」と小さな声をこぼす。

（ああ……俺、ようやく美由紀先輩とキスできたんだ！）

ずっと好きだった相手との初めての口づけに、春人は胸が熱くなるのを抑えられずにいた。

ただ、まるで夢を見ているような気分だったが、単に唇を合わせていればいいというものでもないことも、三人の女性と関係を持った今は理解している。

「んっ。ちゅっ、ちゅば、ちゅば……」

春人は音を立てながら、彼女の唇をついばむように動かしだした。

そうして、ひとしきりバードキスをしてから、いったん唇を離す。

「美由紀先輩？　舌、入れてもいいですか？」

「えっ？　あ、いいけど……ところで、春人くんはいつまでわたしのことを『先輩』付けで呼ぶのかな？」

目を開けた恋人が、頬をふくらませて、いささか予想外のことを口にした。

どうやら、せっかく両思いになったのに、「先輩」と呼ばれているのが不満らしい。

「えっと……じゃあ、み、美由紀さん」

これは、心の中では何度もしていた呼び方だった。が、実際に口にするといささか気恥ずかしい。

「あ、改めてそう呼ばれると、なんだか恥ずかしいけど……うん」

と応じて、美由紀が再び目を閉じた。

そこで春人は再度、唇を重ねると、予告どおりに舌を口内に侵入させた。

覚悟はできていたはずだが、それでも彼女は「んんんっ」と声を漏らして、身体を強張らせる。

しかし、春人は構わずに舌を動かして、恋人の舌に絡みつけた。

「んんっ……んっ。んむ……」

少し意外だったが、春人の舌が動きだすと、美由紀のほうも怖ず怖ずと自ら舌を動かし始めた。そうして舌同士が絡み合うと、接点からなんとも言えない心地よさを伴った性電気が発生する。

(ディープキスは、もう何度か経験しているのに、美由紀先ぱ……美由紀さんとしていると、なんだか他の人とするのとは違う感じがする。ああ、美由紀さんとこんなことができるなんて、本当に夢みたいだ！)

舌を動かしながら、春人はそんなことを考えていた。

何しろ、高校時代から彼女とこういう関係になるのを夢に見ながらも、一度は諦めていたのだ。それを、大学卒業後に叶えられたのだから、まだ現実感がイマイチ得られないのも無理はあるまい。

しかし、そうして舌を絡め合っているうちに、ずっとこうしていたいという思いと、もっと色々なことをしたいという欲望が、春人の心の中でせめぎ合いを始めた。

もっとも、葛藤《かっとう》は長く続かず、欲望のほうが勝利を収めた。やはり、憧れの相手をよく知りたいという思いは、そうそう抑えられるものではない。

そこで春人は、いったん唇を離した。

「ぷはあっ。春人くぅん……はぁ、はぁ、はふぅぅ……」

唇を解放された美由紀は、すっかり息を乱していた。頬も紅潮して、目は熱に浮かされたように潤んでいる。

ただ、衣装も相まってその表情がやけに妖艶に思えてならない。

どうにも我慢できなくなった春人は、トップスをやや強引にたくし上げて、ふくらみを露わにした。

「あんっ。乱暴にしたら、衣装が傷《いた》んじゃうよ」

「そのときは、僕が自腹で買い直してあげます」

不安を口にした恋人にそう応じ、乳房を改めて目にした春人は、「うわぁ」と感嘆の声をあげていた。

彼女のバストは、大きすぎず小さすぎず綺麗なお椀型をしていて、まさに理想の形状だった。「神がかった造形美」という表現も、決して褒《ほ》めすぎではあるまい。

「うう、やっぱり恥ずかしい。あんまり、ジロジロ見ないでよぉ」

と、顔を真っ赤にして美由紀が胸を隠してしまう。

「すごく綺麗ですよ、美由紀さんのオッパイ」

「もう。春人くんったら……エッチなんだからぁ」

こちらの褒め言葉に、彼女が頬をふくらませながら拗《す》ねたように応じる。だが、言葉とは裏腹に、その表情にはまんざらでもない様子が窺えた。もっとも、好きな相手から自分の身体を褒められて、本気で嫌がる人間はほとんどいないだろうが。

「あの、オッパイを揉んでもいいですか？」

「う、うん。いいよ」

リクエストに首を縦に振って、彼女が手を怖ず怖ずとどかす。

春人は緊張を覚えながら、恋人の後ろに回り込んだ。そして、両乳房を包み込むように優しく鷲掴みにする。

それだけで、美由紀が「ふあんっ」と甘い声をあげておとがいを反らした。

（ああ、すごくいい手触りだ。これが、先輩の……美由紀さんの生オッパイの感触な

んだなぁ）

ダウンコートやブラジャーなどを挟んで、顔で感じたことはあったが、こうしてみるとやはり生の感触は別物だとしみじみ思う。

春人は、胸が熱くなるのを感じながら、指に力を込めた。

「んあっ、あんっ……春人くんにぃ……んはあっ、オッパイを揉まれてるぅ！　はうっ、んんっ、夢みたぁい」

美由紀が、喘ぎながらそんなことを口にする。やはり彼女も、春人と同じ気持ちだったらしい。そう分かると、興奮がいっそう高まる。

春人は、恋人の反応を確認しながら、さらに愛撫を続けた。

「あんっ、ふあっ、それぇ！　ああっ、はううっ……！」

こちらの手の動きに合わせて、美由紀が甘い喘ぎ声をこぼす。それが、なんとも幸せなことに思えてならない。

ただ、こうしていると下半身も見てみたい、触りたい、という欲求が湧いてくる。

春人は、欲望のまま片手で胸を揉んだまま、もう片方の手を下に向かわせた。

ほぼ前垂れのようなスカートは、たくし上げなくても横から奥に手を入れるのは容易である。

そうして、春人が秘部に指を這わせると、彼女が「あんっ」と小さな声をこぼして身体を強張らせた。だが、抵抗する素振りはまったくない。

(うーん。さすがに、まだ濡れてないな)

おそらく、初めての緊張で、まだ性的な興奮を充分に得られていないのだろう。

ただ、指から伝わってくる感触で、恋人がインナーを穿いていないことは分かった。

彼女もこうなることを想定して、しっかり用意をしてくれていたらしい。

春人は興奮を押し殺しながら、ショーツの上から指を動かしだした。

「んっ、あっ、あんっ……！」

愛撫に合わせて、美由紀の口から喘ぎ声がこぼれ出る。

また、その声もさることながら、手を動かすたびにヒップスカーフのスパンコールがシャラシャラと音を立てるのが、妙に興奮を煽る。

ベリーダンスの衣装はスリットこそ深いものの、布地が長いので、踊っている際にもスカートの奥は、ほんの少しチラ見えするくらいだ。

そのガードの奥を思うさまにまさぐれるのも、たまらない。

「んあっ、はああんっ、それぇ！　はうっ、ああっ……！」

さらに刺激を続けていると、布地が湿ってきたのがはっきりと分かった。また、彼女の声にもいっそう艶が出てきた気がする。

そう意識すると、次の段階に進みたくなる。

「あの、美由紀さん？　パンツ、脱がしますよ？」

「ふあ……うん」

やや間延びした声をあげつつも、彼女が小さく頷く。

そこで、春人は前に回り込み、両スリットのおかげで前垂れのようになっているスカートの前をめくりあげた。すると、飾り気のない純白のショーツが姿を現す。

春人がショーツを引き下げると、彼女も足を動かして脱がすのを助けてくれた。

下着を足から抜き、改めてスカートをめくると、うっすらと恥毛に覆われた秘部が丸出しになる。そんな恋人の姿に、春人は改めて目を奪われていた。

彼女が、裸も魅力的であろうことは一目瞭然である。だが、妖艶な衣装を半脱ぎ状態で着用していることにより、いっそう魅力が引き立っている気がしてならない。

「もう。やっぱり恥ずかしいから、そんなところあんまり見つめないでよぉ」

つい見とれていた春人は、彼女の言葉でようやく我に返った。

「すみません。それじゃあ僕も脱ぐんで、ベッドに行っていてください」

こちらの指示に、美由紀は素直に従ってくれる。

それを見届けてから、春人は緊張を覚えながらシャツを、さらにズボンとパンツも脱いで素っ裸になった。

「きゃっ。それが、勃起したモノ……」

美由紀が、そんな驚きの声をあげる。

目を向けると、彼女は春人のベッドに腰をかけて、恥ずかしそうにしながらも限界までそそり立った一物を見つめていた。

「美由紀さん、ひょっとしてチ×ポを見たことあるんですか？」

「うん。わたし、弟がいるから。今は大学に通うために家を出て、一人暮らしをしているんだけど、小さい頃は一緒にお風呂に入っていたわ。でも、そんなに大きくなったのを見たのは初めて」

こちらの質問に、彼女がそう答える。

なるほど、彼女の反応が初めてペニスを見たにしては控えめで、視線をそらしたりしないことに若干の違和感を覚えたのだが、そういうことなら納得がいく。

そして、春人が「じゃあ……」とベッドに近づいたとき。

「あ、あの、春人くん？　チ×チン、そんなになっていたら辛いよね？　その、わたしが……して、あげようか？」

美由紀が、遠慮がちに切り出した。

「えっ？　いいんですか？　けど……」

春人は、ためらいを口にしていた。

初めての相手に、いきなりフェラチオをしてもらうことへの躊躇も、もちろんある。

しかし同時に、こちらにも彼女の肉体をもっと堪能したい、という欲求があった。

「あ、あのさ……シックスナイン、しようか？　分かる？」

春人の迷いに気付いたらしく、美由紀がそう口にした。

「へっ？　一応、分かりますけど……あの、いいんですか？」

意外な提案に、春人は驚きの声をあげていた。まさか、彼女のほうからこんなリクエストをしてくるとは、思ってもみなかったことである。

「うん。その……わたし、ときどきネットでエッチな動画とか見ていて……あっ、本当にときどきだからねっ。えっと、それで……二人で気持ちよくなれるシックスナインはいいなって、ずっと思っていたの」

顔をいっそう真っ赤にしながら、美由紀が言い訳がましく打ち明けた。

どうやら、以前から興味を持っていたことだからこそ、ここで提案してきたらしい。

ただ、思い返すと先に関係を持った三人とは、シックスナインをしていなかった。

その行為を好きな相手と初めて経験できる、というのは僥倖《ぎょうこう》ではないだろうか？

「分かりました。じゃあ、僕が寝そべるんで、美由紀さんは上に来てください」

と言って、春人はベッドに仰向けになった。

「うう……やっぱり、すごく恥ずかしい。けど、自分で言ったことだし……」

美由紀は、そう独りごちて躊躇する素振りを見せていた。さすがに、動画で見て興味を抱くのと、自分が実際にやることとの差を強く感じているのだろう。

それでも彼女は、意を決したように動きだし、春人の顔にまたがってきた。顔に被さってくるスカートの薄布を横へ捲《めく》ると、その奥にあるものが眼前に広がる。

（うおおっ！　これが、美由紀さんのオマ×コ！）

思い人の秘部を目の当たりにして、春人は内心で喝采をあげていた。

少なめの恥毛に覆われたそこは、男性を受け入れた経験がないせいか、口をピッタリと閉じている。しかし、割れ目からは蜜が滲み出ていた。こちらの愛撫で、彼女が感じてくれていた証拠だ、と言っていいだろう。

春人がそんなことを思っている間に、美由紀は上体を倒して四つん這いのような体勢になって、一物に顔を近づけていた。

「ああ、近くで見ると本当にすごい……これが、こんなのがわたしの中に入ってくるなんて、なんだか信じられない」

そう言いながらも、彼女が肉茎を怖ず怖ずと握ってくる。ややおっかなびっくりという感じの、控えめな手つきだったが、それがまた竿に絶妙な心地よさをもたらす。

美由紀は、亀頭に顔を近づけると、遠慮がちに舌を這わせてきた。

「レロ……レロ……」

「うあっ。み、美由紀さんっ、気持ちいい！」

春人は、思わず呻くような喘ぎ声をこぼしていた。

もちろん、快感の大きさはミライや菜生子と比較にならないくらいささやかである。

しかし、高校時代からの思い人が扇情的な衣装で分身を舐めてくれている、という事実が、テクニックの拙《つたな》さを補ってあまりある興奮をもたらすのだ。

「ピチャ……こんな感じで、いいのかな？」

舌を離して、美由紀が訊いてくる。

「あっと……もっと大胆にしてもらえると、さらに気持ちよくなれますけど。あと、先っぽだけじゃなくて、竿のほうとかも舐めて欲しいです」

春人がアドバイスを口にすると、彼女は「んっ」と小さく頷いて、再びペニスに舌を這わせてきた。

「レロ、レロ……チロロ……」

その舌使いは、まだ遠慮がちではあったが、先ほどまでよりはやや積極的な感じになっていた。おかげで、もたらされる快感も増す。

（おっと。こっちも、美由紀さんのオマ×コを舐めなきゃ）

目の前で所在なさげにしている秘部を見た春人は、恋人の腰を摑んだ。そして、口元に秘裂を引き寄せ、そこに舌を這わせる。

「ピチャ、ピチャ……」

「レロロ……はううん！　春人くんっ、そこぉ！　ああっ、舐められ……ふああっ、恥ずかしいよぉ！」

愛撫を始めるなり、美由紀が一物から舌を離してそんなことを口にした。

「シックスナインをしようって言ったのは、美由紀さんでしょ？　それに、美由紀さんも僕のチ×ポを舐めてくれているんで、おあいこですよ」

愛撫をやめてそう応じた春人は、また彼女の割れ目に舌を這わせた。

「クチュ、ピチャ、ピチャ、レロロ……」

「んはあっ！　おあいこぉ！　んあっ、だったらぁ！　あむっ」

そんな声がして、ペニスが温かなものに包まれた。

(うわっ。いきなり咥えるか!?)

予告もなく分身を口内に含まれたことに、春人は内心で驚きの声をあげていた。

まったくもって、恋人の意外な大胆さを垣間見ている気分である。

しかし、美由紀の動きは、竿の半分にも満たないところで止まってしまった。やはり、初フェラチオですべてを咥え込むのは無理だったらしい。

「んんっ……んっ、んぐ……んじゅ……んぐ……」

それでも彼女は、ぎこちなく顔を動かしてストロークを始めた。

もちろん、初めての行為であることと秘部からの刺激のせいもあろうが、リズムも何もなくただ懸命に動いている、という感じは否めない。

しかし、それがむしろイレギュラーな快感を肉棒にもたらしてくれる。

(くうっ。俺はエッチの経験者なんだし、美由紀さんに負けていられないぞ)

そんな対抗心を燃やした春人は、割れ目を開いて媚肉《びにく》に舌を這わせた。

「ンンンッ! んむっ、むぐうっ……んんんっ! んじゅぷっ……」

刺激が強まったことで、美由紀の動きがさらに乱れた。そうして腰が動くと、スパンコールがシャラシャラと軽やかな音を立てる。

また、奥から溢れる蜜の量が一気に増してきた。彼女が相当に感じているのは、間違いあるまい。

（はぁ、ヤバイ。もう出そうだ！）

春人は、思いがけず早い射精感に、我がことながら内心で驚きを覚えていた。

美由紀の行為には、テクニックなどないに等しい。しかし、高校時代からの思い人とシックスナインをしている、という現実が、興奮のゲージを強制的にレッドゾーンへと押し上げていく。

「レロロ……美由紀さん、そろそろ出そうです！」

春人が、舌を離してそう訴えると、

「んぐ……ふはっ。いいよっ。わたしのお口に出してぇ！　全部、受け止めてあげるからぁ！」

と美由紀も応じて、ペニスを再び咥え込んだ。そして、小刻みに顔を動かして唇で竿に刺激を与えだす。

「ああっ、それっ！　くっ、こっちも……レロ、レロ……」

快感に浸《ひた》りそうになった春人は、どうにか理性を動員し、秘部の奥で存在感を増してきた肉豆に舌を這わせた。

「んんんっ！　んっ、んんっ、むぐっ、んじゅうっ……！」

そこを舐めると、たちまち美由紀の動きが再び乱れだす。

だが、それが逆に射精を促す刺激となった。

(くっ。本当に、もう出る!)

心の中で呻いた瞬間、春人は憧れの女性の口内に欲望の液をぶちまけていた。

「んんんんんんんんっ!!」

同時に、美由紀が呻き声をあげ、身体を強張らせる。

それと共に、秘部の奥から大量の蜜が溢れ出してきた。どうやら、彼女も絶頂に達したらしい。

射精が終わっても、恋人はペニスを咥えたまま、身体をヒクヒクと痙攣《けいれん》させている。

その淫らな姿に、春人の興奮は一発出して収まるどころか、ますます強まっていた。

4

「あの、美由紀さん? その、そろそろ挿《い》れてもいいですか?」

上からどいて、ベッドに仰向けになった恋人の呼吸が少し落ち着くのを待って、春人はそう声をかけた。

「ふはあ……うん、いいよぉ。キミのそれ、わたしにちょうだぁい」

美由紀が、間延びした声で応じる。その表情を見る限り、もう身も心もすっかりとろけきっている様子だ。

春人は彼女の脚の間に入り、スカートを腰の上までたくし上げると、秘裂に分身をあてがった。それだけで、初体験のときのような緊張感が湧き上がってくる。

美由紀のほうも、ペニスが当たって緊張してきたらしく、身体を強張らせている。

(このまま挿《い》れたら、きっとかなり痛いだろうな)

そう考えた春人は、先端を割れ目に擦りつけるようにして、腰を動かし始めた。

「あうっ。はあっ、それっ、あんっ、んはっ、ああっ……」

一物で秘裂を擦られて、美由紀が甘い声を漏らす。

それと共に、奥から新たな蜜が溢れ出してくる。

間もなく、彼女の身体から力が抜けていき、春人はそこで陰茎を押し込んだ。

「ふあっ！　んんんんっ！」

美由紀がのけ反って苦しそうな声をこぼし、脇に垂れたヒップスカーフのスパンコールがジャラッと音を立てる。

構わずに進んでいくと、間もなく侵入を阻むところに突き当たった。これが処女の証しなのは、もう春人もよく分かっている。

目が合うと、美由紀が小さく頷き、覚悟を決めたように目を閉じる。

その行動だけで、彼女の思いが伝わってきて、春人も意を決して腰に力を入れた。

「んくうっ！　んあああっ！　いっ、痛いぃいぃい！」

繊維を裂くような感覚と共に侵入を阻む感触がなくなり、同時に美由紀が甲高い苦悶の声をあげた。

それを聞くと、さすがに心配になって動きを止めたくなってしまう。

（いや、智代ちゃんのときと同じで、ここは一気に最後までしたほうがいいな）

と判断した春人は、分身を根元まで素早く押し込んだ。

「んはあああっ！」

悲鳴をあげた美由紀が、一瞬だけ身体を強張らせる。しかし、すぐにその身体から力が抜けていった。

とはいえ、さすがにかなり痛かったらしく、目からは涙が流れている。また、シーツに散った赤いものを見ると、自分が何をしたのかを痛感せずにはいられない。

「大丈夫ですか、美由紀さん？」

心配になって声をかけると、彼女がうっすらと目を開けてこちらを見た。

「うん。痛いけど……初めてを春人くんにあげられて、キミを中で感じられて、今とっても幸せ。やっと、わたしの夢が叶ったわ」

そう言って、美由紀が弱々しい笑みを浮かべる。

これだけでも、彼女の純粋な思いが伝わってきて、胸が自然に熱くなる。

（はぁ。これが、美由紀さんのオマ×コの中か……さすがにキツイけど、なんだかチ×ポに吸いついてくる感じがして、すごく気持ちいいぞ）

春人も、思い人の膣内の感触に酔いしれていた。

ただ、同じ処女ながらも智代とは膣の感触が、かなり違う。彼女の膣のきつさは、セックス慣れの問題ではなく、どうやら個性だったようである。

とはいえ、さすがに美由紀の中もキツイので、しばらく抽送は無理だろう。

「落ち着くまで、少し話をしましょうか？　あの、こんなことを聞くのもなんですけど、美由紀さんなら短大時代もモテたんじゃないですか？」

と、春人はずっと抱いていた疑問をぶつけてみた。

「ん。まぁ、交際を申しこまれたことはあったし……んっ、春人くんのことをいつまでも引きずっていられないと思って……んぁっ、他校との合コンとかにも何度か行ったけど……やっぱり、何か違うって思いがあって。……んン、みんな、断っちゃったのぉ……」

美由紀が、目に涙を浮かべたまま、艶声まじりに答える。

彼女は生真面目なので、おそらく浮ついた交際などしたくなかったのだろう。

おかげで、こうして付き合うことになり、しかも初めてもらえたのだ。その性格には、感謝するしかあるまい。

ただ、それ以上の会話内容を思いつかず、春人は黙り込んでしまった。

美由紀のほうも同じ気持ちなのか、わずかに身じろぎして、小さく喘ぐくらいだ。

そうして、繋《つな》がったまま時間が過ぎていくと、だんだんと気まずさにも似た思いが湧いて、落ち着かなくなってくる。

（うう、どうしよう？　腰を動かしたいけど、美由紀さんのことを考えたらもうちょっとジッとしていたほうが……）

と躊躇していると、彼女がもどかしそうに腰を左右に小さく動かしだした。

「ん？　美由紀さん、動いて欲しくなってきました？」

「えっ？　ち、違っ……その、繋がっているところがなんだかムズムズして、ジッとしていられなくなって……」

春人の問いに、美由紀が顔を真っ赤にして反論する。

だが、それが言い訳に過ぎないのは明白である。

そこで、春人は彼女の乳房に手を這わせて、優しく揉んでみた。

「ふあんっ！　そこぉ！」

美由紀が、たちまち甘い声をあげる。案の定と言うべきか、全身がかなり敏感になっているらしい。

「はうっ、オッパイっ、あんっ、よくてぇ！　あうっ、まだっ、あんっ、あそこぉ、んくうっ、痛いのにぃ！　んあっ、き、気持ちよくぅ……んはあっ、ああっ……！」

春人がさらに乳房を揉みしだくと、美由紀が喘ぎながら戸惑いを口にした。

同時に、膣肉の潤いも増してくるのが、肉棒を通して感じられる。

こうなると、こちらもジッとしているのが辛くなってしまう。

「美由紀さん、小さく動きますよ？　痛かったら、遠慮せずに言ってください」

そう声をかけて、春人は胸から手を離した。そして、彼女の腰を持ち上げてから、押し込むことだけを意識しながら小さな抽送を開始する。

「んっ、あっ、痛っ、んんっ、ふあっ、あんっ……！」

動きに合わせて、スパンコールがシャラシャラと小さな音を立て、恋人の口から少し辛そうな声がこぼれ出る。

「まだ痛いですか？」

春人が、腰を動かしながら訊くと、

「んくうっ、ちょっとだけぇ。んんっ、それよりっ、あんっ、奥がっ、はうっ、キツくてぇ……んはあっ、春人くんがっ、ああっ、わたしの中でっ、ふあっ、暴れているからぁ！　ああっ、あんっ……！」

と、美由紀が喘ぎながら応じた。

どうやら、今は痛みよりも、初めて受け入れた一物の違和感のほうが大きいらしい。

そこで春人は、一定のリズムで小さな抽送を、しばらく続けることにした。

（くうっ。中が吸いつくみたいだから、この程度の動きでもすごく気持ちいいぞ！）

想像以上の心地よさがもたらされて、春人は心の中で呻いていた。

とはいえ、ここで欲望のまま暴走しては、彼女を気持ちよくできまい。経験者には、初体験の恋人をしっかり感じさせてあげる責任があるだろう。

その一心で、春人は自分の欲望を抑えて小さなピストン運動を続けた。

「ふあっ、あんっ、熱いっ……んくっ、はあっ、春人くんのっ、ふああっ、わたしの中ぁ！　あんっ、満たしてっ、はああっ、嬉しいよぉ！　あんっ、はううっ……！」

そう口にした美由紀の声からは、いつしか苦悶の色が薄れていた。また、膣内の潤いもいっそう増してきて、膣肉が蠢いてペニスにより甘美な刺激をもたらす。

春人は思いきって、動きをやや大きくしてみた。

「んはあっ！　あっ、ああんっ！　すごっ、ふあっ、奥にぃ！　ああっ、届いてっ、あんっ、当たってるのっ、はううっ、分かるぅぅ！　ああっ、ひゃううっ……！」

美由紀の喘ぎ声のトーンが上がり、声自体もいちだんと大きくなった。どうやら、もう痛みをほとんど感じなくなったようである。

また、抽送に合わせて小さな音を鳴らすスパンコールの存在が、やけに興奮を煽る。

そうしてピストン運動をしているうちに、二人はどちらからともなく両手の手の平を合わせて指を絡め合っていた。

「春人くんっ、ああっ、好き！　はあんっ、大好きぃ！」

「僕も美由紀さんのこと、大好きです！」

と、愛の言葉を交わし合うと、ますます気持ちが高まっていき、早くも射精感が込み上げてくる。

ただ、膣道も収縮を始めていて、恋人も限界が近いのが春人にも伝わってきた。

「はああっ、初めてなのにぃ！　ああっ、わたしっ、あんっ、イッちゃいそうだよぉ！　はううっ、ねえっ、あんっ、ちょうだぁい！　ふあっ、このまま、あんっ、中につ、はあんっ、春人くんをっ、ああっ、全部感じさせてぇ！」

互いの限界を察したらしく、美由紀がそんなことを口にした。

先にこのように言われたら、もはや外出しという選択肢などあり得ない。

「くうっ。美由紀さん！」

春人は、さすがにもう我慢できなくなって、腰を欲望のまま荒々しく動かした。

「きゃふうっ、激しっ！　あんっ、あんっ、イクっ！　ああっ、すごっ……はあっ、イッちゃうのっ！　んはあああぁぁぁぁぁぁぁ!!」

と、美由紀が絶頂の声を張りあげて身体を強張らせる。

すると、膣肉が妖しく蠢き、一物にとどめの刺激をもたらす。

「ううっ、出る！」

と口走るなり、限界を迎えた春人は、恋人の中に子種を解き放っていた。

5

恋人同士になったものの、春人と美由紀は「夏祭り前に交際をおおっぴらにして、『公私混同』と思われるのはよくない」という判断から、当面は関係を秘密にすることにした。もっとも、ミライたちには関係の進展がバレバレで、リュヤーでのレッスンのときに冷やかしを受けることが多々あったのだが。

とにもかくにも、春人と身体を重ねたことで、美由紀もようやくレッスンウエア姿でまともに踊れるようになったのだった。

とはいえ、まだ完全には羞恥心が抜け切れておらず、音楽に合わせて踊るのがやっと、という状況である。このままでは、残り半月あまりの七月頭に迫ったイベントで、自信を持ってダンスを披露できるか、いささか微妙かもしれない。

そんなある日曜日、春人は美由紀と共に隣町のカラオケボックスに来ていた。

と言っても、別にデートで歌いに来たわけではない。

今日は、ミライが「亡父の親戚の法事がある」と出かけて、レッスンが休みになってしまったのだ。当然、リュヤーも使えないが、美由紀が自主練習をしたがったのである。

もちろん、自習なら彼女の自宅や地元でもよかったのだろう。しかし、「第三者のチェックを受けたいけど、家だと両親の目があるし、地元は知り合いがいるかもしれないから」と言うので、わざわざ隣町のカラオケボックスまで来た次第である。

ここは、ドリンクがドリンクバー形式なので、店員が途中で入ってくるのは基本的には食事を頼んだときくらいだ。したがって、ほぼ制限時間まで二人きりになれる。もっとも、目隠しはされているもののドアにガラス窓があるので、まるっきりの密室ではないのだが。

先にドリンクを用意して入室すると、春人はダンスの音楽を入れたポータブルプレイヤーをカラオケ機器のアンプにケーブルで接続し、準備を整えた。

その間に、美由紀は身体を隠していた長袖の上着とロングスカートを脱ぎ、本番用の衣装になっていた。彼女はレッスンウエアのつもりだったが、春人が「より本番に近づけるために」とこちらの衣装での練習を提案したのである。

(それにしても……やっぱり、この衣装の美由紀さんはエロいなぁ)

春人は、ついそんなことを思っていた。とはいえ、お世辞にも広いとは言い難い部屋で交際相手と二人きり、しかも彼女が露出度の高い格好をしているのだから、こういう感想を抱くのは当然だろう。

心臓が高鳴るのを懸命に抑えながら春人がソファに座ると、ダンススカーフを手にした美由紀がカラオケ機器の前のスペースに立った。

「えっと……それじゃあ、するね?」

恥ずかしそうに言って、彼女がポータブルプレイヤーの再生ボタンを押し、すぐにダンスの開始時のポーズを取る。

少し間があって、ややアップテンポな曲が流れだし、美由紀が踊りだした。

その動きは、一見すると難しそうに見える。だが、実はヒップドロップなど基本の動きをベースにミライがアレンジして、ビギナーでも比較的踊りやすく、それでいて見栄《みば》えするような振り付けになっていた。また、動くたびにスパンコールがシャラシャラと音を立てるのが、音楽のいいアクセントになる。

ところが、恋人の動きは明らかにリュヤーでの練習よりもぎこちなかった。しかも、表情も硬く、まるで初めてレッスンウエアを着用したときのようである。

「ああっ、もうっ！　やっぱり、恥ずかしいよぉ！」

と、彼女は曲の途中で踊るのをやめて、身体を隠すようにうずくまってしまった。

「美由紀さん、どうしたの？」

「だって、こんなに近くで春人くんにこの格好を見られて……しかも、ベリーダンスを踊るなんて、恥ずかしすぎるんだもん」

春人が音楽を停止させて訊くと、美由紀が顔を赤くして言い訳を口にする。

いい加減に気付いていたことだが、彼女は羞恥心が人一倍強かった。リュヤーでは、他の三人がいるから耐えられるようになったものの、今は春人と二人きりということで、恥ずかしさを我慢できなくなったらしい。

普通なら、裸まで見せ合った仲の相手と一緒であれば、多少恥ずかしい格好でも平気になる気がする。だが美由紀の場合、関係の深さが逆に羞恥心を強めているようだ。

（美由紀さんは、やっぱりもっと自信を持ったほうがいいよなぁ。あっ、そうだ！ちょっと荒療治になるけど、せっかくだし……）

そう考えた春人は、

「美由紀さん、ここに座って」

と、自分の横の座面をポンポンと叩いた。

「えっ？　いきなり、何？」

「いいから、早く」

疑問の声をあげる美由紀に対し、少し強く指示を出す。すると、彼女は怪訝《けげん》そうな表情を浮かべながら、ダンススカーフをテーブルに置いて、言われたとおりにした。

（うん。横から見ても、美由紀さんはやっぱり顔も身体も綺麗だなぁ）

そんなことを思いながら、春人は身体を寄せて、三角ビキニのようなトップスの下に手を素早く滑り込ませて胸を鷲摑みにした。そして、「えっ？」と驚きの声をあげる彼女を無視して、乳房をすぐに揉みしだきだす。

「あんっ。ちょっと、んあっ、春人くん？　はうっ、こんなところでっ、んんっ、いきなりぃ？」

「こんなところだから、逆に燃える気がしない？　俺、美由紀さんと二人きりで、もう我慢できなくなっちゃったんだよ」

「あんっ。もう。んんっ、わたしっ、んはっ、これじゃあ、んはっ、練習にっ、あんっ、ならないじゃないのぉ」

そう言いながらも、美由紀は強く抵抗しなかった。それどころか、逆に春人に身体を預けてくる。

「もしかして、美由紀さんも実はしたかったの？」

「なっ!?　ば、馬鹿！　そういうこと、言わないでよ！　春人くんのエッチ！」

春人が手を止めて訊くと、彼女が顔を真っ赤にして文句を口にした。だが、否定の言葉でないということは、指摘は間違ってもいないのだろう。

「俺、エッチだもん。美由紀さんは、俺としたくない？」

「んもう。ズルイよ。こんなことをされて、そんなこと言われたら、断れるわけないでしょう？」

そう言って、恋人が潤んだ目を向けてくる。

二人は、どちらからともなく顔を近づけ、唇を重ねた。そして、すぐに舌を絡ませ合う。

「んっ。んちゅ……んむ、んじゅる……んろ……」

美由紀の口から、吐息のようなくぐもった喘ぎ声がこぼれ出る。

春人は舌を絡ませながら、乳房への愛撫を再開した。

「んんんっ！　んじゅ……んむっ、じゅぶるっ……んんっ、んむうっ……！」

彼女の舌の動きが乱れ、身体がヒクヒクと小刻みに震える。その様子だけでも、相当な快感を得ていることが伝わってくる。また、トップスから垂れている短めのスパンコールが揺れて、シャラシャラと小さな音を立てるのも興奮を煽る。

「んんんんっ！　ぷはあっ！　ああんっ、オッパイ、気持ちいいよぉ！」

とうとう唇を振り払って、美由紀が甲高い悦びの声を張りあげた。

「美由紀さん、いくらカラオケボックスだからって、あんまり大きな声を出すと廊下に聞こえちゃうよ？」

「分かってるけどぉ。春人くんの手、気持ちよすぎるんだもぉん」

手を止めた春人の注意に、彼女が不服そうに応じる。

とはいえ、さすがにこのまま行為を続けるわけにもいくまい。

「そうだ！　だったら……」

春人はポンと手を叩き、テーブルに置いてあるタブレット型のリモコンを取った。

そして、歌手のリストを出すと、グループアイドルの曲を表示して、それを次々に選曲していく。

すると、間もなく軽快な音楽が流れだしたので、ボリュームを大きめに設定する。

「こうしておけば、声を誤魔化せると思うよ」

そう言って、春人はリモコンをテーブルに置くと、その流れで恋人のトップスをたくし上げて胸を露わにした。

美由紀のほうは、「あんっ」と声をあげたものの、こちらのなすがままである。

「やっぱり、美由紀さんのオッパイってすごく綺麗だなぁ」

「も、もうっ。そういうこと、言わないでよ。エッチぃ」

春人の褒め言葉に、彼女がそっぽを向いて文句を言う。

とはいえ、これは正真正銘の本心だった。

美由紀のバストは、形も大きさも理想そのものという感じで、何度見ても、何度触っても飽きなかった。できることなら永遠に触れていたい、と思うくらいである。

春人は、欲望のままに乳房を両手で鷲掴みにすると、グニグニと揉み始めた。

「んあっ、あんっ、春人くんの手ぇ！　んはあっ、あんっ、ああっ……！」

愛撫に合わせて、たちまち美由紀が甘い声をあげだす。

そうして、ひとしきりふくらみの感触を堪能してから、春人はバストの頂上で存在感を増してきた突起を摘まんだ。

「ひゃうんっ、そこぉ！　ああっ、ビリビリするのぉ！」

乳首をクリクリと弄ると、彼女がおとがいを反らして大声をあげた。まったく、大音量で音楽をかけていなかったら、廊下に響き渡っていたかもしれない。

春人は片手を胸から離して、恋人の下半身に伸ばした。そしてスリットの横から手を忍び入れて、インナー越しに秘部に指を這わせる。

途端に、彼女が「ひゃあんっ！」と甲高い声をあげて身体を強張らせる。

「美由紀さん、もう濡れてるね？」

春人は愛撫の手を止めて、耳元で囁くように指摘した。

「んああ……だって、気持ちよすぎてぇ……ねえ、脱がしてぇ。下着の替えを持ってきてないから、あんまり濡れたら帰りが大変になっちゃうのぉ」

と、美由紀が潤んだ目を向けて訴えてくる。

そこで、春人はいったん彼女から手を離した。そうして、前に回り込んで足下にしやがみ込み、インナーとショーツに手をかける。

美由紀が腰を浮かせてくれたので、春人はインナーと下着を一気に引き下げて足から抜き取った。するとうっすらと湿り気を帯びた割れ目が露わになる。

春人はスカートの奥に顔を入れると、秘裂に舌を這わせだした。

「ピチャ、ピチャ……」

「はあぁーっ！　それっ、ひゃうんっ、舌ぁ！　ああっ、弱いのぉ！　はあんっ、あんんっ……！」

美由紀がのけ反って大声で喘ぎ、すぐに声を殺した。こちらから姿は見えないが、おそらく音楽がかかっているとは言えあまり大声を出すのはマズイと考えて、自分の手で口を塞いだのだろう。

だが、懸命に声を堪える恋人の様子を想像することで、春人はかえって興奮が煽られる気がしてならなかった。

（それに、美由紀さんのオマ×コ、ますます濡れてきたぞ。舐めるのが、追いつかないくらいだ）

おそらく、彼女もこのシチュエーションに興奮しているのに違いあるまい。

そうして美由紀の愛液を味わっているうちに、挿入への欲求が抑えきれないくらい湧き上がってくる。

「レロロ……ふはっ。美由紀さん、俺もう我慢できない。挿《い》れたいよ」

秘部から口を離して、春人は彼女にそう声をかけた。

もちろん、本来であれば先に一発抜いてから挿入したかった。だが、ここはカラオケボックスである。いくら人目につかないとはいえ、さすがにあまり行為に時間をかけるわけにもいくまい。

そのことは、美由紀も分かっているのだろう。

「ふはあ……ねぇ？　今回は、わたしがまたがってしようか？」

彼女の提案の意味は、春人にもすぐに理解できた。

「美由紀さんって恥ずかしがり屋なのに、意外に大胆なところもあるよね？」

「ちっ、違……だって、春人くんに動かれると、気持ちよすぎて声が抑えられないから……自分で動けば、まだ我慢できそうでしょ？」

美由紀が、そんな言い訳めいたことを口にする。

「ああ。なるほど、確かに。それじゃあ、お願いするよ」

そう応じた春人は、立ち上がってズボンとパンツを脱ぎ、下半身を露わにしてソファに座った。

すると、美由紀がすぐに身体を反転させてまたがってきた。それから、前垂れのようなスカートの前部をかき分けながら、肉棒を優しく握りしめる。

「はああ、春人くんのチ×チン……」

感慨深そうに言いながら、彼女は陰茎の先端と自分の秘部の位置を合わせた。そうして、ゆっくりと腰を下ろしだす。

「んんんっ……はっ、入って……くるぅぅぅ！」

少し苦しそうな声を漏らしながらも、美由紀がさらに腰を沈めていく。

そして、とうとう春人の股間に彼女の股間が当たり、その動きが止まった。

「んはああ、全部入ったぁぁ……」

身体を小刻みに震わせながら言って、美由紀がグッタリと抱きついてくる。

「美由紀さん、平気？」

「はぁ、はぁ……うん。ああ……春人くんが、わたしの中を押し広げているの、はっきり分かるよぉ」

春人の問いかけに、彼女は今にもとろけそうな声で応じた。さすがに、まだ少し苦しさは残っているものの、もう痛みはまったく感じていないらしい。

着衣のままなので、結合部はスカートが邪魔していて見えなかった。だが、それが逆に背徳的な興奮を生み出す。

「あのさ、自分で動いてくれる？」

「うん、いいよ。あっ、んっ、んんっ……」

こちらのリクエストに従って、美由紀が肩に手を置いて腰を動かしだす。すると、ペニスから心地よさがもたらされた。

「んっ、あっ、あっ、あんっ！　はうっ、あんっ、あんっ……！」

彼女は、スピーカーから流れる音楽に合わせて、リズミカルに腰を動かしていた。おかげで、一物からいい感じに快感が流れ込んでくる。

「んっ、あっ、はあっ！　あうっ、これっ、はあっ、いいっ！　はうんっ、いいのおぉ！　あっ、ああっ……！」

美由紀の喘ぎ声が次第に大きくなり、それに合わせて抽送もだんだんと大胆なものになっていった。おそらく、リズミカルな動きが快感を高め、そのおかげで羞恥心も何もかも忘れて快楽を貪っているのだろう。

また、彼女の動きに合わせて、グチュグチュという結合部からの音に加え、横に垂れたスパンコールからジャラジャラと音が発生していた。

そのことも、春人の興奮にいっそう拍車をかける。

「ふああっ、ああっ、大声がっ！　ああんっ！　出ちゃうぅぅ！　んちゅっ。んむ、んちゅ、ちゅ、ちゅば……」

と、美由紀がキスをしてきた。そうして、唇を重ねたまま腰を動かし続ける。

(なるほど。確かに、これなら大声を出さずに済むな)

女性器に口をつけていたことが少し気がかりだったが、彼女が自らキスをしてきたのだから、こちらが気にする必要もあるまい。

(ああ……こうしていると、美由紀さんの匂いが流れ込んできて……)

愛する人の匂いと体温、そして膣の感触に包まれていると、それだけでなんとも幸せな気持ちになれる。

(それにしても、もしも人が通ったときに廊下から部屋を見られたら、何をしているか一発でバレるよな)

だが、そのスリルを意識すると、妙な興奮が湧いてくるのも間違いなかった。

ミライと車でしたときや、智代と森林公園でしたときも思ったが、誰かに見られるリスクを冒《おか》しながらのセックスは、通常とは異なる昂りを感じられる気がする。

もっとも、この興奮にハマってノーマルなセックスができなくなるのは、さすがに困るが。

そんなことを思っていると、いよいよこちらが欲望を我慢できなくなってくる。

そこで春人は、彼女の腰を摑み、音楽に合わせて突き上げるような抽送を開始した。

「んんんっ！　ふあぁあっ、そんなっ、はううっ、春人くんがっ、あぁっ、動いたらぁ！　はあんっ、こっ、声がぁ！　はうんっ、出ちゃうっ！　あぁっ……んちゅっ、ちゅぶる、ちゅば……！」

いったん唇を離して大声をあげた美由紀だったが、慌てた様子でキスを再開する。

音楽が流れているおかげで、お互いの動きがシンクロするのが速く、動きのリズムが合うと快感も一気に増大していく。

（くうっ。もう出そうだ！）

射精感が込み上げてきて、春人は内心で危機感を覚えていた。

とはいえ、先に一発も抜かずにこのような背徳感に満ちた行為をしているのだから、我慢できなくなるのも無理はあるまい。

「ぷはっ、ああっ、チ×チンっ、あんっ、ヒクヒクぅ！　春人くんっ、はあっ、イキそう？」

唇を離して、美由紀が訊いてくる。

「う、うんっ。俺、そろそろ限界だよ！」

「ああっ、いいよっ、来てっ！　あんっ、わたしもっ、んはっ、もうっ、あんっ、イクからぁ！　ああっ、このままっ、はうっ、熱いのぉ！　ああんっ、中にっ、ふあっ、注ぎ込んでぇ！　んちゅっ、じゅる、レロ……！」

要求を口にし、彼女がまたキスをして舌を絡みつけてくる。

実際、美由紀の中は潤いを増し、一物に絡みつく肉壁の動きもいっそう激しくなって、限界が近いことを伝えてくれる。

（よしっ。じゃあ、一緒にイこうよ、美由紀さん！）

心の中でそう訴えつつ、春人は欲望のままに腰を激しく動かした。

「んっ、んむっ、んっ、んじゅっ、んんんんんんんんんんっ‼」

とうとう美由紀が、身体を強張らせながらくぐもった声をあげた。キスをしたままで絶頂の声を我慢したのは、ギリギリ残った理性の賜物だろう。

ただ、それによって膣の締まりがいっそう増して、ペニスにとどめの刺激をもたらす。

そこで限界に達した春人は、「ううっ」と呻くなり動きを止め、そのまま恋人の中に大量の精を注ぎ込んだ。

「はあああ……出てるぅ……んはぁ、わたしの中、春人くんでいっぱぁい……」

「はぁ、はぁ……美由紀さん……」

射精が終わってからも、二人はバックで流れる曲が終わるまで、繋がったまま絶頂の余韻に浸っていた。

エピローグ

七月頭の土曜日の夕方過ぎ、春人はリュヤーの裏口にある、住居側の玄関前に一人で立っていた。

「イベントの打ち上げって言っていたのに、なんで俺だけ外で待たされるんだ？」

そんな愚痴が、つい口を衝《つ》いて出てしまう。

今日、とうとうイベント当日を迎え、美由紀たちの初舞台と共に「ベリーダンスで町おこしプロジェクト」の発表と相成ったのである。

もちろん、最初にベリーダンスの健康効果について解説するなど、公務員がやっている正当性や本気度を、アピールすることは忘れなかった。

不特定多数の前で話したことがほとんどなかった春人にとっても、そういう経験を事前に積めたのは、本番に向けてよかったと言える。実際、緊張で少しトチッたりして反省点がいくつかあったので、夏祭りまでに修正していかなくてはなるまい。

一方、ミライたち四人が披露したベリーダンスは、多少のミスはあったものの来場者たちの喝采《かっさい》を浴び、ひとまずの成功を収めた。

また、あとで春人に、「ベリーダンスの健康効果を、もっと詳しく教えて欲しい」と聞いてきた女性が何人かいた。イベントの規模を考えれば、上々の反応だろう。

ひとまず、これでベリーダンスをアピールする目処は立った、と言っても問題はあるまい。

とにかく、夏祭りまであと一ヶ月ほどある。その間にもっと練習を積んで本番ではよりレベルの高い踊りを披露することが、美由紀たちの今の目標だそうだ。

とはいえ、今日は初めての舞台を無事に終えたので、打ち上げをリュヤーで行なう、という話になったのである。

本来なら、土曜日はリュヤーの営業日なのだが、今日はミライがイベントに出ていたこともあって臨時休業だった。したがって、貸し切りで打ち上げができる。

ただ、ミライの自宅側玄関まで一緒に来たのに、四人は「ちょっと待っていて」と、自分たちだけ先に中に入ってしまったのである。おかげで、春人は外でこうして待たされている次第だ。

『春人、お待たせ。入ってきていいわヨ』

さすがに焦《じ》れてきた頃、ミライの呼ぶ声がドアの向こうから聞こえてきた。

「はぁ、やっとか」

とボヤいて、春人は玄関のドアを開けた。だが、そこに店主たちの姿はない。

「ミライさん？」

「こっちヨ。さあ、早く来て」

エキゾチック美女の返事が、居間のほうから聞こえてくる。

春人は首を傾げながらも、声に釣られてそちらに向かった。

「いったい何をして……って!?」

居間を見た途端、春人は目を大きく見開いて絶句していた。

美由紀とミライと菜生子と智代は、ヒップスカーフこそしていないものの、舞台で着ていたベリーダンスの本番用衣装を再び着用していたのである。

「あ、あの、なんでその格好を……？」

「ふふっ。春人、これが好きなんでしょう？」

「春人くんに、近くで見て欲しくてぇ」

「ああ、こうして春人さんに見られていると、それだけで興奮しちゃいますぅ」

唖然とした春人の問いに、ミライと菜生子と智代が近づいてきながら応じた。

そうして、彼女たちは春人を取り囲んで居間へと導いた。あまりに妖しい雰囲気に腰が引けてしまったものの、囲まれては逃げだすこともできない。

「春人くん、それじゃあこれから、わたしたちの打ち上げを始めるわよ」

美由紀までが、そう言ってこちらやってきた。

「えっ？　あの、それってまさか……？」

「うふっ、分かった？　そう。みんなでエッチしようってこと」

と、彼女が笑みを浮かべて応じる。

「ほえ？　いや、でもそれじゃあ……」

恋人がこんなことを言いだすとは予想外だっただけに、春人は困惑を隠せなかった。

「そりゃあ、本音を言えば、わたしだって春人くんを独占したいわよ。だけど、みんなダンス仲間で、もうすっかり仲良しだし」

「アタシたち、春人のオチ×チンを気に入っちゃったのヨ。だから、毎回じゃなくてもいいんだけど、たまには春人とさせてもらおうと思ってネ」

美由紀の言葉を、ミライが引き継ぐ形で言う。

「わたしは夫がいるけど、春人くんのオチ×チンを知ったら、もうあの人のなんてちっとも欲しくならないのよ。それでも、セックスしたいって気持ちはあるから……とも考えられないいんですぅ」

「えっと……美由紀さんと、喧嘩までするつもりはないんですけど、わたしも初めてが春人さんだし、やっぱり、その、今はまだ他の男性とエッチするなんて、どうしても考えられないんですぅ」

菜生子と智代までが、そんなことを口にする。

美由紀と交際を始めてから、ミライたちとは関係を持っていなかったが、どうやらそれによって三人はすっかり欲求不満になってしまったらしい。

「春人くぅん」「春人ォ」「春人さぁん」「春人くん……」

と、四人が方々から身体を密着させてきた。

合計八個のふくらみが身体に押しつけられ、刺繍の入ったトップスの向こうから、女性たちのバストの感触が伝わってくる。さらに、四人の牝の芳香が鼻腔から流れ込んできて、頭がクラクラしてきてしまう。

「春人くぅん。今日は、みんなでしてあげるからねぇ」

そう言って、正面の恋人が顔を近づけてくる。

（そ、それって5P!?　しかも、美由紀さんまで一緒だなんて！）

羞恥心の強い彼女が、複数人プレイを許容しているなど、さすがに信じられないことだった。

とはいえ、春人も想像もしていなかった事態に、それ以上のことを考えられなくなって、ただ呆然と立ち尽くすしかない。

そして、とうとう美由紀の唇が春人の唇に重なった。

「んっ。ちゅっ、ちゅば……」

彼女が、音を立てて少し控えめなキスをしてくる。

(ああ、ヤバイ。これ、みんなの匂いと体温と身体の感触……それに、美由紀さんのキス……こんなことをされたら……ううっ、気持ちよすぎるよ)

いつしか春人は抵抗の意思を失い、もたらされる心地よさに溺れていくのだった。

(了)

※本作品はフィクションです。作品内に登場する
団体、人物、地域等は実在のものとは関係ありません。

恥《は》じらいベリーダンス
〈書き下ろし長編官能小説〉
2020年3月9日初版第一刷発行

著者……………………………………………河里一伸

デザイン………………………………………小林厚二

発行人…………………………………………後藤明信
発行所…………………………………株式会社竹書房
〒102-0072　東京都千代田区飯田橋2－7－3
電　話：03-3264-1576（代表）
03-3234-6301（編集）
竹書房ホームページ　http://www.takeshobo.co.jp
印刷所………………………………中央精版印刷株式会社

定価はカバーに表示してあります。
乱丁・落丁の場合は当社までお問い合わせください。
ISBN978-4-8019-2189-4 C0193